이께의 후에

아내의 후예 10

글쓰는기계 장편소설

초판 1쇄 찍은 날 | 2017년 11월 20일
초판 1쇄 펴낸 날 | 2017년 11월 27일

지은이 | 글쓰는기계
펴낸이 | 예경원

기획 | 위시북스
편집책임 | 이규재
편집 | 이즈플러스

펴낸곳 | 예원북스
등록번호 | 제396-2012-000132호
등록일자 | 2012. 7. 25
KFN | 제1-178호

주소 | 경기도 고양시 일산동구 호수로 646-24 위너스21Ⅱ빌딩 206A호 (우)10401
전화 | 031-819-9431 팩스 | 031-817-9432
E-mail | yewonbooks@naver.com

ⓒ글쓰는기계, 2017

ISBN 979-11-6098-613-6 04810
      979-11-6098-087-5 (set)

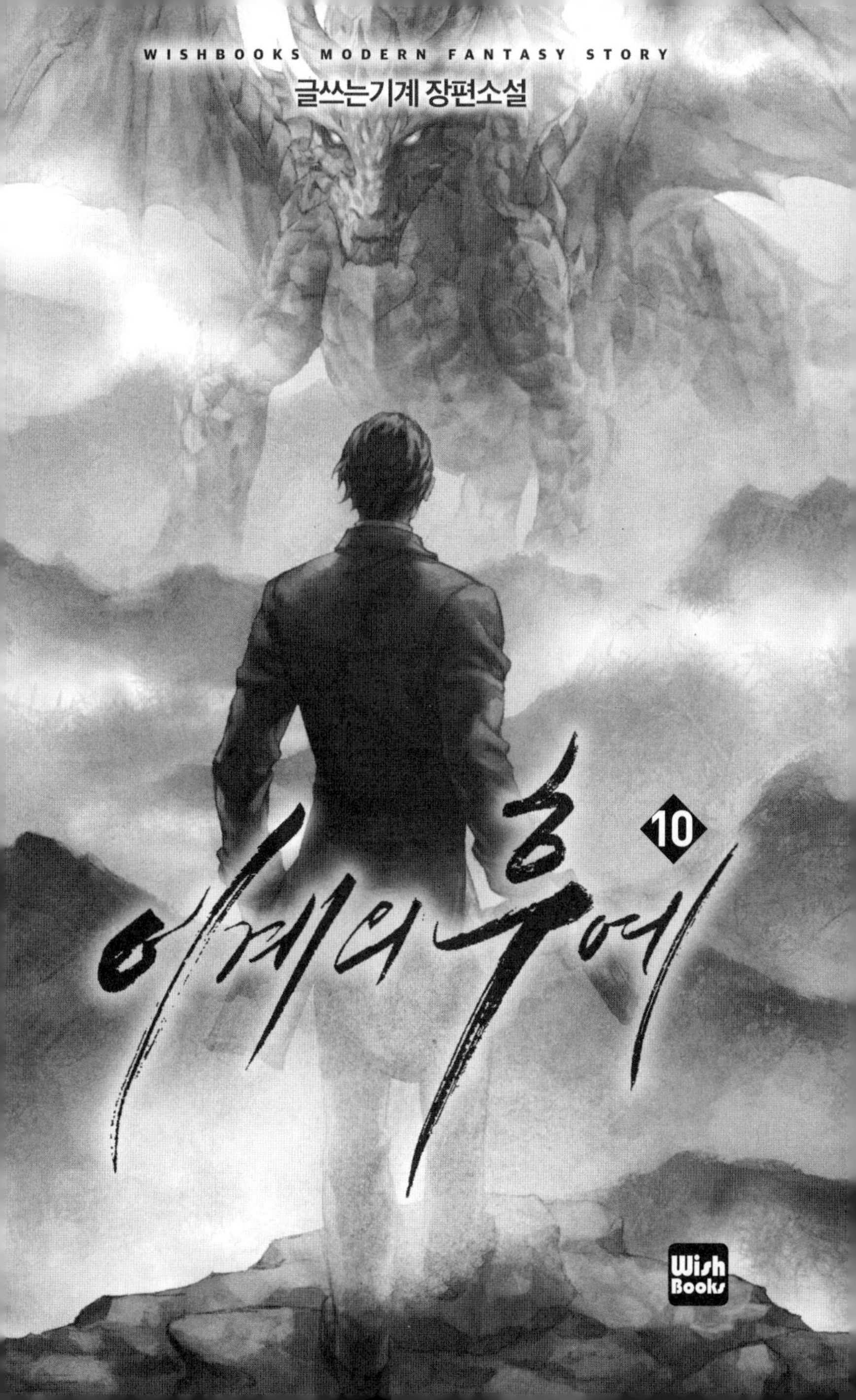
WISHBOOKS MODERN FANTASY STORY
글쓰는기계 장편소설
10
Wish Books

아게의 후에

CONTENTS

62장
재도약(2)

"뭐? 그 김수현이?"

소문은 빠르게 돌고 돌아 더 이상 듣지 못한 사람이 없을 정도로 퍼졌다. 우샹카이의 상관 리허쥔이 들었을 정도면 카메론에서 그에게 관심이 있는 사람은 모두 다 들었다고 봐야 했다.

"우리도 사람 못 보내나?"

'이 인간이 제정신인가?'

고개를 숙이고 듣고 있던 우샹카이는 어이가 없어서 입을 다물지 못했다.

"왜 대답이 없지?"

"예? 아…… 탁월한 생각이십니다."

우샹카이의 표정을 본 리허쥔은 혀를 쯧쯧 찼다. 그가 무슨 생각을 하고 있는지 깨달은 것이다.

"우샹카이, 내가 너랑 같은 수준이라고 생각하지 말라고 했을 텐데……."

"안 했습니다!"

속마음을 들킨 우샹카이는 더 격렬하게 말했다.

"그러면 말해봐라. 내 말을 듣고 무슨 생각을 했지?"

'아오, 이 성격 까다로운 새끼…….'

우샹카이는 결국 실토했다. 리허쥔은 이런 상황에서 시치미를 떼면 더 난리를 치는 놈이었다. 차라리 말하고 가는 게 나았다.

"그…… 왜 사람을 보내는 건지 이해를 못 했습니다. 먼저 김수현은 저번에도 보낸 스파이를 잡아낸 전적이 있습니다. 어설픈 놈은 보내봤자 바로 잡히거나 역으로 이용당할 겁니다. 그러면 우리 당과 상관이 없는 민간인 쪽에서 골라야 하는데, 민간인 쪽에서 우리 말에 잘 따르는 초능력자를 구하는 것도 쉬운 일이 아니잖습니까. 어찌어찌 이런 조건을 모두 만족하는 사람을 구했더라도, 김수현한테 보내서 무슨 이익이 있는지 잘 모르겠습니다."

"그러니까 네가 그 수준인 거다."

리허쥔은 들고 있던 서류를 내려놓으며 말했다.

"그래, 그런 인재를 구하기가 힘들기는 하지. 하지만 못 구하는 건 아니야. 그리고 위험한 걸 시키지도 않을 거다. 단순하게 김수현 밑에서 일하라고만 할 생각이다."

"예?"

이 인간이 드디어 미친 것인가?

우샹카이는 속마음을 삼켰다.

"쯧쯧, 김수현을 따라다니던 소문을 잊어버렸나? 초능력 성장에 대한 소문 말이다!"

"아……!"

그제야 우샹카이는 리허쥔이 뭘 노리는지 깨달았다. 한동안 수현에게 목줄이 채워져서 개처럼 구르느라 까먹고 있었다.

예전부터 돌아다니던 소문이 있었다. 김수현에게는 초능력과 관련된 무언가 특별한 능력이 있다고.

이미 김수현에 대한 신분 조사는 어지간한 세력이라면 다 한 번씩은 한 상태였다.

모두가 알고 있었다. 엉클 조 컴퍼니가 수현이 들어오기 전에는 별거 아닌 신생 용병 회사였다는 것을.

수현이 들어오고 나서 비약적인 성장을 했지만, 그 전에는 그냥 캘커타의 정글에서 사라져도 이상하지 않을 회사였다.

카메론에는 의욕만 넘쳐서 덤비는 신입 용병들이 흘러넘쳤다. 그들 중 살아남아서 위로 올라가는 숫자는 소수였다.

그런데 수현이 들어오고 나서 바뀌었다. 멤버 대부분이 초능력자로 각성했고 그중 특급으로 취급받는 사람도 있었다.

논리적으로 생각해 봤을 때, 의심이 갈 수밖에 없었다.

"요즘은 당도 인재를 구하기가 힘들어. 다들 이기적인 놈들밖에 없으니까."

'열정페이로 사람을 부려먹으니까 그렇죠…….'

중국인들이라고 모두 당을 위해 희생정신이 넘치고 이타적인 건 아니었다. 우샹카이만 봐도 알 수 있었다. 당에서 이렇게 일하고 있는 사람들은 희생정신보다는 욕심이 더 많은 사람일 가능성이 컸다.

자기가 정말 뛰어난 초능력을 갖고 있다면 당에 들어가서 소모품으로 쓰이거나 오랜 시간을 기다리는 것보다는 미국으로 건너가서 바로 대접을 받으면서 살고 싶어 하는 사람이 많았다.

당도 그걸 알고 있었기에 초능력자들에 대한 이례적인 대우와 규제로 발을 묶으려고 했지만, 그렇다고 해서 문제가 완전히 사라지는 건 아니었다.

"하지만 이런 일은 아니지. 생각해 봐라. 우리가 뭘 시키는 것도 아니고, 그냥 김수현 밑에 가서 일하면서 배워오라고 하는 거지. 이런 기회를 누가 거절하겠나?"

"……!"

"초능력자라면 누구나 초능력을 성장시키는 기회를 꿈꾸지. 그럴 기회는 잘 오지 않지만. 던져 주기만 해도 지원자가 개떼처럼 몰릴 거다."

"저희한테는 뭐가 남는 겁니까?"

"이 멍청한 놈은 아주 먹여줘야 알겠군. 우리가 지원을 해서 밀어주는 대신 돌아오고 나서 우리 밑에서 일하는 조항을 넣으면 되잖나!"

리허줸은 꽤나 야심 차게 계획을 한 모양이었다. 젊고, 재능은 있지만 당이나 정부를 위해서 일하는 걸 별로 원하지 않는 초능력자들을 대상으로 하는 계획이었다.

수현 밑에서 초능력을 성장시킬 수 있다고 말하고 보내서 성장시킨 다음, 적당히 때가 되면 거기를 나와 중국으로 돌아온다. 남의 손을 빌려서 아군을 키우는 것이다.

'완벽한 계획이야.'

한 가지, 우샹카이가 그 사실을 다 수현에게 말할 거라는 걸 제외한다면 말이다.

"대단한 계획입니다!"

'바로 말해야겠군.'

"그래, 저우량위 그놈이 멍청한 짓을 했다지? 죄수들을 보내서…… 크핫핫. 그놈은 어떻게 되어가고 있는지 아나?"

"수습하려고 애를 쓰고 있다지만 나오는 게 없는 걸 보니 잘 풀리지 않는 것 같습니다."

"그럴 줄 알았어. 다음번 회의에는 그걸로 놈을 물어뜯을 수 있겠군."

'그러고 보니 진짜 어떻게 되어가고 있는 거지?'

정보란 정보는 다 얻어가고서 수현은 일이 어떻게 진행되고 있는지 말 한마디 해주지 않았다.

리허쥔만 그런 생각을 한 게 아니었다. 머리가 돌아가고 수현한테 관심이 있는 세력이라면 모두 다 비슷한 생각을 했다.

초능력자를 보내서 마법사와 관계를 만들거나, 하다못해 초능력자를 성장시켜서 회수한다든가…….

그리고 그 결과는 어마어마했다.

엉클 조 컴퍼니는 부지로 넓은 평지를 통째로 사용하고 있었다. 정부에서 준 혜택이었다.

수현은 일어나서 아침 운동을 위해 밖으로 나갔다. 아무리 능력이 올랐어도 기본적인 운동은 빼먹지 않는 수현이었다.

"……?"

원래라면 인적 없이 한산해야 할 부지 바깥이 왠지 모르게 시끄러웠다.

"뭐야?"

"팀, 팀장님. 사람들이……."

정문 경비를 맡은 직원이 수현을 보더니 당황해서 고개를 숙였다. 정문 바깥을 보니 사람으로 우글거렸다.

"내가 지금 아직 잠에서 덜 깬 건 아니지? 저 인간들 뭐야?"

"팀장님을 뵈러 왔다고 하는데요."

"날 왜?"

"새로 대원을 뽑는다고 하지 않으셨습니까?"

"……!"

수현은 그제야 정보가 새어 나갔다는 걸 깨달았다. 아니, 애초에 그렇게 비밀로 할 생각이 아니었으니 상관없기는 했지만 이건 좀 심했다. 말한 지 얼마나 됐다고 이렇게 사람이 몰려왔단 말인가.

게다가 수현은 믿을 만한 사람들에게 몇 명 추천받을 생각이었지 이렇게 면접이라도 보는 것처럼 찾아오라고는 하지 않았다.

수현은 이들이 무슨 생각으로 이렇게 몰려왔는지는 짐작이 갔다.

'이렇게 적극적으로 찾아오는 성실한 사람입니다!' 하고 자기를 어필할 생각이겠지.

"김수현 마법사님! 저는 예전부터 당신을 존경해 왔습니다! 밑에서 일하게 해주십시오!"

"저는 돈 안 받아도 됩니다! 아니, 오히려 돈을 내고 일하겠습니다!"

"밑에서 일하게 해줘요!"

수현은 고개를 절레절레 저으며 손짓했다. 사람들을 물리라는 신호였다.

뿜어지는 파장을 보아하니 전원이 다 초능력자였다. 한 명, 한 명 희귀한 인재들이 여기 몰려온 걸 보니 기가 막혔다.

그걸 안에서 본 대원들은 웅성거렸다. 그들이 어떤 기회를 누리고 있는지 이제야 피부로 와닿기 시작한 것이다.

"이 정도였어? 저렇게 할 줄은 상상도 못 했는데."

"야, 나도 아는 사람한테서 몇 번 부탁은 받은 적 있다. 여기로 어떻게 사람 넣을 수 없냐고."

"그러고 보니 나도……."

"그래서 대답 어떻게 했냐?"

"당연히 무리라고 했지. 팀장님한테 괜히 욕먹을 일 있냐?"

"와, 우리는 그냥 고생이라고 생각했는데…… 저 사람들 봐. 대체 얼마나 몰려온 거냐?"

수현이 돌아오자 이미 몇 군데에서 연락이 와 있었다.

"아, 회장님."

―그래! 자네가 부탁한 대로 몇 명을 추려봤네. 언제쯤 보내주면 되나?

수현은 대답 대신 원견을 켜고 부지 주변을 둘러보았다. 몰려온 초능력자들은 아직 가지 않고 버티고 있었다.

"편하신 대로 보내세요."

―왜 그러지? 무슨 일이라도 있나?

회장은 수현의 목소리에서 무언가 이상함을 예민하게 눈치 챈 모양이었다. 수현은 대답 대신 상황을 찍어서 보내주었다.

―!!!

아무리 회장이라도 이건 좀 놀란 것 같았다. 바로 변명이 나왔다.

―내가 안 퍼뜨렸네.

"딱히 의심한 적 없습니다만."

―크흠, 크흠.

"회장님이 설마 고의로 유출시키셨겠습니까. 어차피 저도 여러 곳에 말한 터라 밖에 새어 나갈 거라고는 생각했습니다. 다만 이 정도 규모로 사람이 몰릴 거라고는 상상 못 했을 뿐이지."

―확실히 그렇군. 지금 얼마나 됐다고 저렇게 사람이 몰리다니……. 저렇게 몰린 걸 보니 앞으로 더 몰리겠지?

원래는 가만히 있었더라도 다른 사람들이 저렇게 앞에 몰려와서 열렬하게 굴면 초조해질 수밖에 없었다. '아, 나도 저렇게 해야 하나?' 이런 식으로.

회장은 말하면서 무언가 이상한 걸 깨달은 모양이었다.

―잠깐, 여러 곳에 말했다고?

"예."

―나한테만 말한 게 아니었나!?

"로버트 씨한테도 말했는데. 못 들었습니까?"

로버트 맥클레인.

블루베어의 사장이자 제니퍼의 아버지였다. 찰스와는 오랜 친분을 유지하고 있었다. 물론 이번 상황에 대해서는 그한테 들은 바가 없었다.

'이놈이?!'

회장도 그에게 이 상황에 대해 말을 꺼내지는 않았지만, 사람이란 게 원래 자신의 잘못에는 관대한 법이었다.

서로 무슨 생각을 하는지 뻔했다. 말을 꺼냈다가는 서로 보낼 초능력자를 타협하고 추려야 할 테니, 방해받기 싫어서 몰래 결정을 한 것이다.

―아니, 나한테 말하면 됐지, 초능력자가 얼마나 필요하다고 그렇게 사방팔방 묻고 다니나? 그러니까 소문이 나지!

다른 사람이라면 움찔했을 테지만 수현은 그저 심드렁했다.

"한번 뽑으면 오래 일할 텐데 여러 곳에서 보고 골라야죠. 회장님을 못 믿는 게 아니라요. 제 마음 아시죠?"

'알긴 뭘 알아, 이놈!'

이렇게 성의 없이 어르는 것도 참 오랜만에 겪는 경험이었다.

"어쨌든 보내주실 거면 빨리 보내주시죠. 지금 제가 상황이 상황이라 오래 기다리기가 힘들 것 같습니다. 빨리 결정 안 나면 폭동이라도 일어날 것 같은데."

회장은 입맛을 다셨다. 이 리스트로 수현에게 생색이나 낼 생각이었던 것이다.

'이거 정말 고르고 고른 인재들인데 자네니까 주는 거야' 같은 식으로 생색을 내고, 뭐라도 좀 얻어낼 생각이었는데…… 지금 상황을 보니 빨리 보내지 않으면 본전도 못 건질 것 같았다.

-알겠네. 지금 말해서 당장 보내지. 그래도 내가 보낸 사람들이니 다른 놈들하고 같은 대우는…….

"물론입니다, 회장님. 가장 먼저 확인하죠."

물론 겉치레로 하는 말이었다. 수현은 쓸데없이 겉멋만 든 놈들을 데리고 다닐 생각은 조금도 없었다.

수현이 원하는 초능력자는 강인규 같은 초능력자였다. 인성이나 성실함 같은 면을 제외하더라도, 조금 독특한 초능력이 필요했다.

단순히 강력한 원소 계열 초능력자나 에너지 계열 초능력자는 별다른 이점이 없었다. 이미 수현이 그 분야에서는 정상이나 마찬가지였던 것이다.

하물며 아티팩트도 구할 수 있는 지금 상황에서는 더욱 이점이 떨어졌다.

필요한 건 독특하고 다양한 초능력이었다.

순간이동, 저주, 투명화…….

자체로는 별거 아닌 것 같아 보여도 활용하기에 따라서는 어떻게 쓸 수 있을지 모르는 초능력이었다.

곽현태만 봐도 그랬다. 과거로 돌아오기 전 수현은 곽현태의 초능력을 이용해서 상상하지도 못할 결과를 만들어냈다. 곽현태가 수현을 만나기 전 푸대접을 받았던 걸 생각한다면 상상하기 힘든 일이었다.

'그런데 회장이 그런 놈들을 보냈을 것 같지는 않은데.'

워낙 회장이 대단하다 보니 어울리는 초능력자들도 다 어느 정도 대단한 사람이거나, 주목받는 루키들밖에 없을 것이다. 그런 초능력자들은 보통 대중적인 초능력을 강력하게 갖고 있었다.

'그런 어중간한 놈들을 필요가 없단 말이지…….'

잭 수준이어도 데리고 다니기가 고민스러울 정도인데 잭

수준의 초능력자가 올 것 같지는 않았다.

"헉, 헉헉……."

"뭐야? 무슨 일이야?"

완성된 자기의 저택을 확인하러 갔다가 봉변을 당한 샤이 나였다.

그녀는 헝클어진 머리카락을 뒤로 묶으며 물었다.

"밖에, 사람들이, 나한테 너 만나게 해달라고 달려들어 서…… 뭐 하는 인간들이야?!"

"다크 엘프인데도 신경을 안 쓰고 그랬단 말이야? 이야. 다들 겁이 없군."

"지금 그게 신경 쓰여?!"

"좋은 거 아니야? 다크 엘프라고 겁을 안 낸다니. 예전이 랑 비교해 보면 정말 많이 달라졌군."

수현과 함께 다닌 것 때문에 다크 엘프의 이미지 자체가 많이 희석된 것이다.

"그거야 그렇지만."

"그리고 보니 너 다크 엘프들 좀 불러온다고 하지 않았었 나? 나한테 허가받아 달라고 했었잖아. 어떻게 됐어?"

"아, 그거? 응, 연락을 보냈으니까 곧 오겠지."

"평양에서 다크 엘프들이 돌아다니는 걸 볼 수 있게 되는 건가……."

엘프나 드워프, 오크들이 돌아다니는 것처럼 다크 엘프들이 돌아다니는 걸 상상하니 기분이 묘했다.

예전에는 거의 적으로만 취급했었는데.

"고마워하고 있어. 네 덕분이라는 걸 알아."

"같이 일해놓고 뭘 뜬금없이."

"잠깐만, 그래서 밖에 있는 사람들은 누군데?"

"아, 이번에 같이 일하게 해달라는 사람들. 직접 만나봤다고 했지? 쓸 만한 사람 있었어?"

샤이나는 어처구니가 없다는 표정을 지었다.

"그 상황에서 그걸 볼 수 있었겠어?"

"없다는 소리군. 알겠어."

저 많은 인원을 하나하나 확인하고 거를 수는 없었다. 수현은 저들을 어떻게 처리할지 고민했다.

그걸 눈치챘는지 샤이나가 물었다.

"왜? 뽑기 힘들어?"

"당연히 힘들지. 저렇게 몰려왔으니 더더욱. 게다가 이렇게 대대적으로 알려졌으면 더 까다로운 게 있어."

바로 스파이였다. 수현은 저 인원 중 몇 퍼센트는 분명 수상한 꿍꿍이를 갖고 찾아온 사람들일 것이라고 확신했다. 없는 게 더 이상했다.

'아, 비밀 유지를 좀 할 거 그랬나…… 아니, 그런데 그런 식으로 하면 인재를 구할 수가 없잖아.'

아는 사람한테 조용한 방식으로 구하려고 했다면 폭이 너무 좁았다.

"국적도 다양하고…… 엘프, 드워프, 오크도 있고."

"다크 엘프도 있어?!"

"있겠냐."

중국 국적을 가진 사람들이 신청서를 낸 걸 보니 어이가 없었다.

설마 진짜 뽑힐 거라고 믿는 건 아니겠지? 아무리 뛰어나고 믿을 수 있다고 하더라도 나라 관계가 있는데…….

"한국, 미국, 아니면 그 외 유럽권인가. 러시아, 중국은 아무리 생각해도 너무 위험하고."

수현은 한숨을 쉬었다.

"좋아, 한 명씩 들어오라고 해보자고."

"정말? 저 인원을 다?!"

"어쩔 수 없지. 일을 벌였으면 책임을 져야 할 거 아니야."

"이렇게 돼서 지금 죽겠어."

"그러게 초능력자들을 모을 때 조금 조심을 했어야지. 그렇게 노골적으로 모으면 나 같아도 의심했을 거야."

수현의 불평에 최지은은 아무렇지도 않게 대답했다.

그녀는 지금 왜 이렇게 사람이 몰렸는지 알고 있었다.

단지 마법사의 곁에서 일할 수 있는 기회 때문에 사람들이 이렇게 몰린 게 아니었다. 여기에 모인 사람 중 절반은 마법사의 이름 때문이 아닌, 수현을 따라다니는 소문 때문이었다.

초능력자를 성장시켜 줄 수 있다는 소문.

"난 그런 말 하고 다닌 적도 없거든. 부정하지도 않았지만. 나중에 들어와서 괜히 속았다고 방방 뛰면 귀찮아진다고."

"아, 그건 걱정하지 않아도 될 거야."

"……?"

"저번에 갖고 왔던 다크 엘프들의 비약, 레시피는 거의 따라서 맞추는 데 성공했거든. 원리는 아직 완전히 분석하지 못했지만."

"그거 그렇게 재료를 만만하게 구할 수 있는 게 아닐 텐데?"

"그렇지? 우리가 아무리 다크 엘프보다 넓고 체계적으로 관리한다고 하더라도 구하기 힘든 재료는 구하기 힘든 재료니까."

최지은은 고개를 끄덕이면서 말을 이었다.

"하지만 최근에 그런 희귀한 재료들을 잔뜩 구할 사건이 있었어."

"차원문 소란?"

"응, 몬스터들이 지구로 넘어와서 날뛰었지. 피해는 크지만 그때 발견된 희귀한 몬스터도 많았잖아? 연구에 들어가고 정보를 교류하고…… 그런 와중에 재료들도 모을 수 있었다는 거지."

"그런 걸 순순히 내줬어?"

"아, 암시장에서 나온 것도 살짝 구했고……."

"……."

수현이야 목적을 이루기 위해서 수단과 방법을 가리지 않았다지만 최지은은 어디까지나 연구자였다. 저렇게 태연하게 말하는 걸 보니 어이가 없었다.

"대부분은 미국 쪽에서 구했어. 워낙 넓다 보니 나온 몬스터도 많았거든. 그리고 미국 쪽은……."

"나한테 신세 진 게 많지. 그래."

수현을 대여하느라 미국은 많은 대가를 지불했다. 최지은이 지금 얻어낸 것들도 그중 하나였다.

"어쨌든 샘플 형식으로 다량 제작해서 보관할 생각이야.

네가 시간을 당길 수 있으면 좋을 텐데."

"내가 지금 그걸 못 한다는 거 알잖아."

물체에 접촉해서 시간을 앞당기는 건 그 이후에도 몇 번 시도해 봤지만 수현의 능력으로는 되지 않았다. 그러나 최지은은 태연했다.

"못해도 괜찮아. 급한 거 아니니까. 이렇게 보관해 두면 자연스럽게 시간은 흘러갈 거고, 나중에 언젠가 쓸 일이 생기겠지. 그리고 내 생각엔 네 시간 조종 능력은 언제 달라져도 이상할 게 없어."

"음?"

"각성하지 못한 게 아니라, 이미 각성을 한 상태잖아? 그리고 이미 시간을 다루는 것에 관련해서 어느 정도는 능력을 쓸 수 있는 상태고. 그러면 시간을 빠르게 감는 것도 아마 네가 쓰지 못하는 게 아니라…… 네가 쓸 수 있는데 방법을 깨닫지 못한 걸 수도 있어."

"……."

"적어도 내 생각은 그래. 그러니까 마음 편하게 해보고 안 돼도 너무 부담 가지지는 마. 안 돼서 손해 볼 거 없잖아?"

최지은의 말에 수현은 떨떠름한 표정으로 고개를 끄덕였다. 확실히 그녀의 말이 맞았다. 이런 건 실패해도 전혀 부담이 없는 일이었다.

물체의 시간을 앞으로 당기는 일.

저번의 일 이후로 수현도 몇 번 해본 일이었다. 그러나 잘 되지 않았다. 스스로의 시간을 가속시켜서 빠르게 움직이는 건 잘되었지만……

'과연 될까?'

수현은 가벼운 마음으로 시험관을 향해 손을 뻗었다. 최지은이 저렇게 말한 이상 부담을 가질 이유가 없었다.

팟!

"……!"

그 순간 시간을 다룰 때 느껴졌던 감각이 다시 한번 느껴졌다.

마치 전지전능한 신이 되어서 주변을 마음대로 조종하는 듯한 우월감.

그리고 시험관 안의 시간이 미칠 듯이 빠르게 가속되고 있다는 것도 느껴졌다.

그러나 옆에서 지켜보고 있는 최지은은 아무것도 느낄 수 없었다. 그녀의 눈에는 그저 수현이 손을 잠깐 붙였다가 뗀 걸로 보일 뿐이었다.

"왜 그래?"

"된 것 같은데."

"뭐? 진짜?"

최지은은 수현의 말에 당황해서 확인에 들어갔다. 부담 가지지 말라고 말은 했지만 수현이 정말로 바로 성공할 줄은 몰랐던 것이다.

언젠가 성공하겠지 싶었지 말하자마자 바로 성공해 버리다니.

"정말이야……. 안의 성분이 달라졌어. 몸은 괜찮아?"

"괜찮아."

"일단 네가 썼으면 좋겠는데. 지금 복용해 볼래?"

"다시 강화를? 글쎄……."

수현은 비약을 들고 잠깐 고민하다가 바로 사용에 들어갔다. 처음에 사용했던 것과 같은 감각이었다.

수현은 자신이 왜 망설였는지를 깨달았다. 초능력이 더 이상 성장하지 않았던 것이다.

"어때? 달라진 게 느껴져?"

"아니…… 별 차이가 없군."

"그래? 다크 엘프들의 제조 방식이랑 뭔 차이가 있는 건가? 음……."

"아니, 그게 아니야. 네가 잘못 만든 게 아니라, 이건 내 문제야."

초능력 강화의 비약은 사용자의 그릇을 최대한 늘려서 능력의 총량을 확장시켜 주는 물건이었다. 그러나 수현은 이미 확장될 대로 확장된 상황.

수현은 왜 그가 더 이상 성장하지 않는지를 깨달았다. 그는 이미 인간으로서 한계점에 도달한 것이다.

'여기서 더 성장할 수는 없는 건가?'

이미 인간을 초월한 수준이었지만 성장이 멈췄다는 건 아쉬웠다. 수현의 설명을 들은 최지은은 고개를 끄덕였다.

"그런 거라면……. 확실히 아무리 초능력자라고 해도 무한히 강해질 수 있는 건 아니니까."

"방법은 없겠지?"

"네가 받은 육체 강화 수술은 이미 기술적으로는 더 나올 게 없는 수술이야. 육신을 버리지 않는 한 그런 일은 없을 것 같은데……. 그나저나 말하는 걸 잊을 뻔했네. 시간을 빠르게 당기는 것도 이제 가능하니까 시간을 뒤로 돌리는 것도 한번 해볼래?"

"뭐? 그게 될 리가 있겠어?"

"너 있잖아…… 넌 이미 한 번 시간을 거슬러 올라왔다며?"

생각해 보니 그랬다. 수현은 겸연쩍게 웃었다.

"물체의 시간을 당기는 거면 그 반대도 가능할지 몰라. 내가 저번에 말했잖아? 네 능력의 한계는 어디까지인지 알 수 없으니까 최대한 다양하게 실험해 보라고."

"알고 있어."

"만약 그것도 가능하게 되면…… 그건 진짜 숨기고 다녀야 겠다."

시간을 빠르게 당기는 거면 모를까, 시간을 뒤로 되감는 것도 가능하다면 이야기가 달라졌다. 당장 찰스 회장만 해도 시간을 거슬러 올라가서 젊어질 수 있다면 영혼이라도 팔 테 니까.

"이 강화의 비약, 가지고 가."

"그냥 여기에 보관해 두지? 어차피 지금 쓸 일 없을 것 같 은데."

"팀원들한테 쓰거나, 네가 나중에 쓰거나……. 레시피는 완성되었으니 남은 건 재료 문제야. 가지고 가도 괜찮아."

"알겠어. 고마워."

◆

"저는 헤이스트 능력자로, 유럽 초능력 기준으로 각성했 을 때 B-급, 최근 검사에서는 B급을 획득했습니다. 카메론 에서의 경력은 에우터프 지역에서 2년, 하임켄에서 1년 반입 니다. 있었던 용병 회사는 DAF 코퍼레이션, 레버 PMC로 모 두 다 고평가를 받았습니다. 기록을 확인해 보시면 보실 수 있을 겁니다."

"어…… 그래요……."

김창식은 고개를 끄덕였다. 화려한 경력을 들으니 정신이 없었다. 저 정도면 카메론의 초능력자 중에서는 엘리트로 뽑혔다.

그는 한국의 군인으로 일하다가 일확천금을 노리고 아무것도 없이 뛰어들었다가 복권에 당첨된 케이스였지만, 상대는 각성했을 때부터 엘리트의 길을 걸어온 사람이었다.

유럽 기준으로 B급이면 어디 가서든 통하는 초능력자였다. 그런 사람이 그를 상대로 존경의 눈빛을 보내는 걸 보니 마음이 아팠다.

'그런 눈빛 보내지 마……!'

한 치의 의심도 없는 순수한 존경의 눈빛.

그가 뭐라고 이런 사람을 평가해야 한단 말인가.

김창식은 이런 일을 맡기고 간 수현을 저주했다.

'아니, 그 양반은 자기가 해야지 왜 나를! 사람 보는 눈은 나보다 훨씬 좋으면서!'

수현은 딱 한 가지만 지시했다.

특이한 초능력이 있으면 따로 정리해라.

아직까지는 그런 초능력이 보이지 않았다. 뛰어나기는 했지만 일반적인 초능력이 많았다.

"……잘 알겠습니다. 다시 연락드리겠습니다."

"마법사인 김수현 씨도 존경하지만 그 밑의 초능력자인 김창식 씨도 존경하고 있습니다. 밑에서 일할 수 있다면 영광일 겁니다!"

울고 싶어졌다. 김창식은 고개를 끄덕이며 문을 가리켰다. 그는 잭이 추가로 입을 놀렸다는 사실을 상상도 하지 못했다.

'잠깐, 신입 들어오면 내가 이렇게 별 볼 일 없다는 거 알아차리는 거 아니야?'

지금의 동료들이야 워낙 끈끈한 관계니 비밀 유지는 걱정하지 않아도 됐지만 새로 들어올 사람은 믿을 수가 없었다.

게다가 방금 나간 외국인처럼 그를 존경하는 사람일 경우엔 일이 더 귀찮아졌다.

─뭐야, 김창식은 대단한 초능력자라고 들었는데, 이런 허접한 초능력이라니!

"들어가도 됩니까!"

"아, 네. 들어오세요. 성함이…… 이동혁이라고요?"

김창식은 고개를 갸웃거렸다. 들어온 건 늘씬한 몸매를 가진 큰 키의 여성이었던 것이다. 아무리 이름을 짓는 건 자유라지만 이동혁은 여자의 이름이랑은 맞지 않았다.

"아니, 게다가 나이도 안 맞는데? 40세 맞습니까?"

"아닙니다!"

"아, 깜짝이야. 목소리 좀 작게 해주세요."

씩씩하고 우렁차게 외친 목소리에 김창식은 화들짝 놀랐다. 다른 건 몰라도 태도 하나는 자신만만했다.

"아니라고요? 이거 그러면 허위로 작성하신 겁니까? 그러시면 안 되는데…….".

김창식은 말하면서 눈앞의 여성과 눈을 마주쳤다. 분명히 미인이었는데, 외모에 눈이 가기보다는 무언가 위축되는 느낌이었다. 몬스터를 만났을 때 같은 느낌.

"저는 허위로 작성 안 했습니다!"

"네? 그러면 순서가 섞였나?"

"제가 양보해 달라고 했습니다!"

"예??"

김창식은 뭔가 이상하다는 걸 깨달았다. 아까까지 밖에서 들리던 웅성거리는 소리가 전혀 들리지 않았던 것이다.

그는 문을 열고 대기실을 확인해 보았다.

"……!"

전원이 쓰러져 있었다. 죽은 사람은 없었지만 모두 다 바들바들 떨며 누워 있었다.

'여기 모인 초능력자들을 전부 제압하다니?!'

"잘 부탁드리겠습니다! 문서연입니다!"

"잘 부탁이고 뭐고…… 이게 뭐야?!"

김창식은 기가 막혀서 외쳤다.

문서연은 고개를 갸웃거리더니 천연덕스럽게 대답했다.

"양보받았습니다?"

"이게 어딜 봐서 양보야! 뭘 어떻게 한 거야?!"

"상쇄 장치 켜고 제압했습니다!"

"……!"

김창식은 지금 문서연이 무슨 소리를 하는지 알아차렸다. 여기 있는 초능력자들을 초능력 상쇄 장치를 켜고 맨몸으로 제압했다는 뜻이었다.

그건 두 가지 의미를 갖고 있었다.

하나는 그녀가 초능력 상쇄 장치를 갖고 있을 만한 위치에 있다는 것.

그리고 다른 하나는 맨몸으로 여기 있는 인원을 전부 제압할 만한 실력자라는 것이었다.

여기 있는 초능력자들은 초능력만 쓸 줄 아는 애송이가 아니었다. 수현의 팀에 들어오겠다고 할 정도면 어느 정도 카메론 경력이 있는 초능력자들이었다.

그런데 초능력을 봉쇄했다고 하더라도 전원을 제압해 버리다니.

죽지 않고 저렇게 제압만 하는 게 더 어렵다는 걸 김창식은 잘 알고 있었다.

자연스럽게 자세가 고쳐졌다. 수현이 없는 지금 상황에서 저 여자가 덤비면 이길 자신이 없었다.

'다른 놈들 다 어디 갔어?'

−팀장님, 잘 지내셨습니까?

"무슨 일로 연락을 주셨죠?"

−아, 이번에 새로 팀원을 구한다고 하셨잖습니까.

"그랬죠. 뭐 추천할 사람이라도 있습니까?"

−아뇨, 그게 아니라…… 저번에 문서연이라는 군 소속 초능력자를 팀에 넣으려고 하셨잖습니까? 작전 때문에 자리에 없어서 못 만났지만 말입니다.

"그래서요?"

−이번에 작전이 끝나서 돌아왔다는 소식이 들려서 제가 말을 꺼냈는데, 듣자마자 바로 엉클 조 컴퍼니 부지로 떠났다고 하더군요. 문서연이 초능력으로는 언제나 고평가를 받았지만, 사실 내부에서는 돌발적인 행동으로 꾸준히 말이 나왔던 사람입니다. 혹시 몰라서 미리 말씀드리는 겁니다.

"괜찮습니다."

수현은 별로 놀라지 않고 대답했다. 국장보다는 그가 문서연에 대해서 더 잘 알고 있었다. 확실히 문서연은 그녀가 그정도 초능력자가 아니었다면 군에서 쫓겨났을 것이다. 애초에 엄격한 군 조직과는 전혀 어울리지 않는 사람이었으니까.

그렇지만 수현은 그녀를 잘 다룰 자신이 있었다.

"잠깐, 부지로 먼저 떠났다고요?"

―예? 예.

"이런……."

수현은 이마를 매만졌다. 거기서 무슨 일이 일어나고 있을지 상상이 갔다.

"이게 지금 뭐 하는 겁니까?"

"남의 사유지에 와서 다른 사람들을 두들겨 패면 이렇게 하는 게 정상이거든!"

김창식은 안에 있던 엉클 조 컴퍼니 대원들을 모두 불렀다. 그만큼 겁을 먹은 것이다.

얼떨결에 몰려나온 대원들은 김창식의 손짓에 어이없다는 듯이 그를 쳐다보았다.

지금 저 한 명 때문에 이들을 모두 부른 것이란 말인가?

"저는 비키라고만 했습니다. 덤빈 건 저쪽이 먼저였으니 정당방위지 말입니다?"

"저 사람 누구냐?"

"몰라. 일단 좀 내보내자. 여기 계속 뒀다가 사고 칠라."

김창식이 그렇게 말하자 다른 대원들은 어깨를 으쓱거렸다. 김창식이 저렇게 긴장한 이유를 알 수가 없었던 것이다.

"거, 여기서 이렇게 사고를 치시면 안 되죠. 일단 밖으로 나갑시다. 우리가 누군지는 알죠? 여기서 싸울 생각이 아니라면 말을 들으시죠."

그들은 엉클 조 컴퍼니와 수현의 후광에 익숙해져 있었다. 언제나 수현 밑에서 굴러서 그렇지 시내를 돌아다니거나 다른 용병들을 만나면 그들은 언제나 어깨에 힘을 줬다. 수현과 엉클 조 컴퍼니는 그만한 이름값이 있었다.

당연히 그런 이름값은 이런 다툼이 있을 때도 효과가 좋았다. 이름만 대도 상대가 머뭇거리게 되는 것이다.

그러나 문서연은 그런 게 전혀 통하지 않는 사람이었다.

그녀는 눈빛을 반짝거리며 대원들을 훑어보기 시작했다. 마치 싸우기 전에 상대의 실력을 파악해 보려는 사람 같았다.

"저 사람 왜 저렇게 웃냐?"

"모르겠는데…… 일단 좀 무서운데."

대원들은 아티팩트에 손을 뻗었다. 미인이었지만 저렇게

웃으면서 위협적인 기세를 뿜어내니 긴장이 됐다.

"그만. 모두 뭐 하는 짓이야?"

"팀장님!"

김창식은 지옥에서 부처라도 만난 표정이었다. 수현이 이렇게 반가웠던 적은 없었다. 수현은 고개를 저으면서 걸어오고 있었다.

모세가 홍해를 가르듯이, 수현이 걸어오자 자리에 모인 초능력자들은 모두 옆으로 비켜섰다.

수현은 자연스럽게 걸어오더니 문서연 앞에 섰다. 문서연은 반짝거리는 눈빛으로 수현을 쳐다보았다.

"잘 부탁드리겠습니다! 문서연입니다!"

"합격."

"예?"

"합격이라고. 얘는 됐고, 다른 사람 심사해서 뽑아."

"……?!"

⊙

"뛰어난 초능력자라고 하던데. 평가도 좋고."

수현의 말에 문서연은 쑥스럽다는 듯이 헤실헤실 웃으며 머리카락을 만지작거렸다.

"사고도 좀 많이 쳤고?"

"그건 오해지 말입니다!"

'오해는 무슨 오해…….'

문서연을 잘 알고 있는 수현이었기에 그녀가 저렇게 태연하게 오해라고 하는 게 웃기지도 않았다.

"여기는 왜 왔지?"

"언제나 마법사님을 존경하고 있었습니다! 작전이 끝나고 돌아왔는데 국장님이 절 찾는다고 말해주셨습니다. 그래서 짐 싸서 왔습니다!"

"그…… 마법사님이라고 하지 말고, 팀장님이라고 해."

"알겠습니다! 팀장님!"

"내가 왜 부르는지, 군을 나온다는 것에 대한 부담감이나 그런 건…….."

"전혀 없습니다?"

"그러시겠지."

수현은 의자에 앉으며 문서연에게 손짓했다. 앞에 앉으라는 뜻이었다.

커피에 설탕을 쏟아부어서 건네주자 문서연이 손뼉을 치며 기뻐했다.

"제 취향도 알고 계신 겁니까? 대단하십니다!"

'아차.'

쓸데없이 감이 좋다 보니 이럴 때는 그냥 대답을 하지 않는 게 좋았다. 수현은 대답을 피했다.

과거로 돌아오기 전에는 문서연의 존경을 얻기 위해 꽤 많은 고생을 했었다. 문서연은 정말 단순하고…… 강했던 것이다.

처음 보면 당황스러울 수도 있겠지만, 알고 나면 놀라울 것도 없었다. 문서연은 그냥 강한 걸 좋아했다. 강한 사람이나 몬스터가 있으면 싸우고 싶어 했고 자기보다 강한 사람이 있으면 존경심을 표했다.

수현의 팀에서 그녀는 언제나 돌격대장이었다. 물론 그게 쉽게 된 것은 아니었다.

문서연은 보기에는 성격에 구김이 없어 보였지만, 실력이 없는 사람이 자기한테 명령하면 귓등으로 듣지도 않았다.

결국 수현은 그녀와 맞붙을 수밖에 없었다. 누가 우두머리인지 가리는, 지금 생각해 보면 어처구니없는 싸움이었다. 변변찮은 초능력으로 그녀를 제압하기 위해 수현은 정말 온갖 방법을 다 썼었다.

지금이야 손가락 하나만으로도 제압할 자신이 있었지만.

수현은 일어서서 문서연을 쳐다보았다. 그녀는 몸이 근질거린다는 듯이 주먹을 쥐었다 펴며 수현을 쳐다보고 있었다. 무슨 생각을 하는지 뻔히 보였다.

'어휴, 저거……'

"싸우고 싶지?"

"예?"

"나랑 싸워보고 싶잖아."

"그런 생각 조금도 안 했습니다만, 팀장님께서 허락해 주신다면 최선을 다해보겠습니다!"

"혹시 나 만나기 전에 국장한테 무슨 소리 들었나?"

"앞에서 절대 무례하게 굴지 말라고……"

"그런데 여기에 온 초능력자들을 두들겨 패?"

"자리에 안 계셨습니다."

"그래, 너 똑똑하다. 솔직하게 말해도 돼. 내가 국장한테 가서 네 험담을 하지는 않을 테니까."

"다른 말 하기 없깁니다!"

문서연이 신이 나서 사납게 웃었다. 그녀는 자리에서 일어나더니 바로 수현에게 달려들었다. 그리고 창문 밖으로 튕겨 나갔다.

콰콰쾅!

"뭐, 뭡니까?"

"아무것도 아냐. 신경 꺼."

갑자기 난 굉음에 옆방에서 사람이 달려왔지만 수현은 아무것도 아니라는 듯이 대답했다. 그리고 바로 창문으로 뛰쳐

나갔다.

바닥에서 구르던 문서연은 고개를 흔들더니 수현을 다시 눈에 잡았다. 그녀는 한 대 강하게 맞았는데도 전혀 흔들림이 없어 보였다.

'개인 아티팩트가 최소 4개…… 군에서 활약을 많이 했나 보군.'

한국군은 인색한 조직이었다. 아무리 활약을 해도 하나하나가 값비싼 아티팩트를 개인에게 주는 경우는 드물었다.

물론 그중에서도 초능력자는 별도로 대우를 해주지만, 그래도 아티팩트를 받는 건 힘든 일이었다. 저렇게 갖고 있다는 건 위에서 부정하기 힘들 정도로 공을 많이 세웠다는 뜻이었다.

"갑니다!"

"넌 싸우기 전에 다 말해주고 싸우냐?"

"억! 악! 으악! *끄아악!*"

문서연은 마치 고무공이 된 것처럼 위아래로 튕겨 나갔다. 그녀의 동료들이 봤다면 눈을 믿지 못했을 것이다.

그 문서연이 저렇게 무력하게 두들겨 맞다니.

문서연은 비틀거리면서 정신을 차리려고 했지만 수현은 멈추지 않았다. 그녀는 적당히 봐주면 오히려 더 화를 내는 사람이었다.

"헥, 헥헥⋯⋯."

문서연은 어지러운 머리를 붙잡고 정신을 집중했다. 경지에 오른 염동력이 저런 것이라는 걸 오늘 알았다. 염동력을 못 본 건 아니었지만 수현의 건 정말 차원이 달랐다.

"그러면 진짜로 가겠습니다!"

문서연의 눈동자에 붉은색 빛이 돌았다. 아티팩트가 아닌, 그녀가 원래 갖고 있던 초능력이 나온 것이다.

초능력 중에서도 희귀한 축에 속하는, 육체 변화 능력!

"늑, 늑대인간?!"

"몬스터 아니다."

수현은 당황해하는 직원에게 냉정하게 말했다. 가만히 내버려 뒀다가는 부지 안에 몬스터가 나왔다고 소란을 피울 것 같았다.

'하긴, 몬스터로 착각해도 무리는 아닌가.'

문서연은 새로운 몬스터라고 해도 놀랍지 않을 모습이었다. 아까까지는 늘씬한 미녀였는데, 지금은 오우거와 정면으로 맞붙어도 밀리지 않을 것 같은 덩치였다.

질긴 가죽에 날카로운 발톱, 강력한 근육까지.

저런 상태에서는 재생력과 방어력까지 전부 몬스터 수준으로 올라갔다. 그녀가 강한 이유가 있었다.

콰콰콰콰콱─

물론 수현에게는 의미가 없었지만.

-켕! 케케켕!

변신한 덕분에 사람의 말이 나오지 않았다. 문서연은 비참할 정도로 제대로 땅에 처박혔다. 수현은 손속에 사정을 두지 않고 문서연을 몰아붙였다.

-크릉, 크르릉, 크르릉!

일어나려고 안간힘을 써봤지만, 수현의 염동력은 조금도 틈을 주지 않고 문서연을 짓눌렀다. 결국 문서연은 포기하고 앞으로 엎어졌다. 수현은 그제야 염동력을 풀었다.

"졌습니다…….'

"아쉽지?"

"네?"

"초능력 안 쓸 테니까 근접전으로 덤벼봐."

"정말 그래도 됩니까?!"

'까'까지 했을 때 이미 문서연은 수현 앞에 도착한 상태였다. 전광석화 같은 속도였다. 그녀의 킥을 가볍게 피한 다음 다리를 걸어 균형을 무너뜨린 후 수현은 말했다.

"그래, 그리고 사람 말은 좀 끝까지 듣고 행동하고."

30분 후, 문서연은 땀투성이가 되어서 완전 항복을 선언했다.

"저게 몬스터야 인간이야?!"

"맞아! 저건 그냥 몬스터야!"

루이릴과 샤이나의 의견이 일치하는 경우는 매우 드물었다. 수현은 신기하다는 듯이 둘을 쳐다보았다.

"쟤 진짜 뭐 하는 애야? 앞으로 같이 일해야 해? 진짜로?!"

루이릴은 벌써 문서연한테 당했는지 질색을 하고 있었다. 샤이나도 그 정도까지는 아니었지만 꽤 당한 것 같았다.

"왜, 다짜고짜 싸우자고 해?"

"순간이동으로 피하려고 하는데 갑자기 날개를 만들더니 날아오잖아!"

"걔가 좀 과격하긴 하지. 그래도 나쁜 애는 아니야."

"와, 특별 대우하는 거야?"

"특별 대우라니. 희귀한 초능력자한테는 그냥 그만한 대우를 해주는 거지. 사실 따지고 보면 너도 텔레포터 아니었으면 그 자리에서 그냥……."

"야, 야! 쟤가 듣잖아!"

샤이나가 비웃는 시선으로 루이릴을 쳐다보자 루이릴은 다급하게 손을 흔들었다.

"팀장님, 일단 시키신 대로 분류는 했는데…… 나머지는 직접 봐주셔야 할 것 같은데요."

김창식이 핼쑥해진 얼굴로 말했다. 수현이 일을 맡긴 덕분에 다른 대원들이 쉬는 동안 그는 끊임없이 면접을 봐야 했다.

하나하나가 자존심 강하고 능력 있는 초능력자들이었으니 허투루 대할 수가 없었다.

복도를 걸어가며 김창식이 피곤한 목소리로 물었다.

"그런데 왜 저를 시키신 겁니까? 다른 사람들도 있었는데……."

"별로 능력이 필요한 일이 아니니까."

"……."

"농담이야. 여기 올 정도면 어느 정도 위치가 있는 초능력자가 대부분일 테니까, 심사를 하려면 좀 이름이 있는 초능력자를 붙여야 한다고 생각했지. 안 그러면 불만을 가진 놈이 나올 테니까. 실제로 불만을 가진 놈이 나오지는 않았잖아?"

"……!"

그런 깊은 뜻이.

김창식은 수현이 그를 그렇게까지 고평가한다는 것에 살짝 감동했다가 곧바로 현실을 깨달았다.

'난 실제로 그렇게 대단한 초능력자가 아니잖아?'

말이 좋아서 이름이 있는 거지 들통이라도 나면 보통 망신이 아니었다.

"분류를 다 했다니. 보자…… 잠깐, 중국인도 있어?"

"예? 아, 빼라는 소리를 안 하셔서……."

"왕하이? 어디서 들어봤는데……."

수현은 걸어가면서 생각에 잠겼다. 어디서 들어본 이름이었는데 바로 떠오르지 않았다.

적은 아니었다. 적이면 바로 떠올랐을 테니까. 중국인인데 적이 아니라면…….

'민간 쪽 초능력자였나?'

중국도 민간 용병 회사가 있었다. 국가와 당의 입김이 워낙 강해서 그렇지.

능력 있는 초능력자들이 자꾸 외부로 유출된다고 요즘은 좀 풀어주는 식으로 바뀌었지만, 그래도 다른 국가에 비하면 규제가 강력한 편이었다.

그런 민간 용병과 수현의 관계는 미묘한 편이었다. 분명 적은 아니었는데, 그렇다고 완전히 믿을 수도 없는 상대였다. 저 중에서 중국 정부와 손을 잡고 있는 이들도 있을 것이고, 심지어 당이 민간 회사로 위장하고 지원한 이들도 있을 테니까.

'아, 그래. 민간 쪽이었어. 신문 어딘가에서 본 것 같은데…… 뭔 사건이었더라…….'

"팀장님?"

"좋아, 합격시켜 주지."

"네? 정말입니까?"

김창식은 놀라서 수현을 쳐다보았다. 그도 수현만큼은 아니었지만 중국과 엮여서 좋지 않은 사건을 겪은 사람이었다. 팀에 믿지 못할 사람을 넣는 건 불안했다.

"초능력이 쓸 만하잖아?"

"분명 그렇기는 하지만……."

"뭐, 불안하면 네가 감시를 잘하면 되지 않겠어?"

"예?! 제가요?!"

수현은 왕하이가 어떻게 신청을 했는지 생각해 봤다.

중국 정부는 초능력자의 외부 유출을 엄격하게 신경 썼다. 급이 안 되는 초능력자면 모를까, 왕하이 정도라면 분명 신경을 썼을 것이다.

그런데 이렇게 내버려 둔다고?

답은 하나였다. 무언가 목적이 있어서였다.

'스파이로 보내지는 않았겠지…… 설마.'

왕하이 정도의 초능력자를 스파이로 쓰지는 않을 것이다. 기껏해야 화이트(공식적인 신분으로 파견된 정보원) 정도?

'괜히 정체 모르는 놈을 고용하는 것보다 아예 이렇게 드러난 놈을 데리고 있는 게 더 편하지.'

수현은 아마 밖에 있는 사람 중 꿍꿍이를 가진 사람들이 절반은 넘을 거라고 생각했다.

왕하이처럼 노골적인 신분을 가진 사람은 미끼일 가능성이 컸다. 수현이 쳐내는 동안 진짜 스파이는 신분을 숨기고 들어오는 것이다.

물론 수현은 그런 지루하고 소모적인 짓을 할 생각이 없었다.

"수상쩍은 짓을 하면 그때 어떻게 할지 결정하자고."

"아무리 생각해도 미친 짓 같은데……."

"인재가 진짜 많이 모이기는 했군."

"팀장님께서 공개적으로 사람을 모으셔서 그렇죠."

"딱히 공개적으로 모으지는 않았거든? 이 데이비드란 사람 괜찮아 보이는데, 이 사람도 넣자."

"예?"

김창식은 이해가 가지 않는다는 듯이 수현을 쳐다보았다.

아니, 아무리 그래도 그렇지. 직접 보지도 않고 결정을 내려도 되는 건가?

"직접 안 보십니까?"

"네가 어련히 알아서 잘했겠지."

수현이 자꾸 이렇게 말하자 김창식은 점점 어깨가 무거워지는 것을 느꼈다.

'아니, 이 양반은 왜 갑자기 나한테 이렇게 부담을 주고 그

러지? 내가 뭐 잘못했나?'

"아, 그리고 회장이 따로 보낸 초능력자들도 있습니다
만……."

"봐봐."

수현은 잠시 목록을 훑어본 다음 고개를 저었다.

"써먹을 놈들 없다."

"최소 A급 이상인데요?"

"저런 초능력들은 아티팩트로도 구현 가능해. 다 꺼지라
그래."

"회장님이 섭섭해하시겠네요."

"알 게 뭐야. 처음부터 잘 골라서 보냈어야지. 그보다 이
제 내가 아니라 회장 편에 서는 건가?"

"예?! 아닙니다!"

초능력자들을 선발하기도 전에 수현은 다른 만남을 가져
야 했다. 애간장이 탄 저우량위가 사람을 보낸 것이다. 목적
은 하나였다. 일어난 사건을 덮는 것.

"무엇을 원하십니까?"

"무엇을 원하냐니. 뭘 해줄 수 있는지부터 먼저 말해야 하

는 거 아닌가? 지금 난 내 동료들이 다친 것 때문에 아직도 마음이 아픈데 오자마자 하는 소리가 '무엇을 원하십니까'라니. 사과는 안 해?"

"죄, 죄송합니다. 저희가 이번에 큰 실수를 저질렀습니다."

"시작이 좋군. 계속해 봐."

함정을 판 주제에 뻔뻔하게 저렇게 말하고 있으니 속에서 열불이 났다. 그렇지만 어쩔 수 없었다. 지금 그들의 목줄을 잡은 건 수현이었으니까.

"저희 쪽에서는 관련자들의 석방과 동시에 이번 사건을 조용히 해결하기를 원하고 있습니다. 사실 이런 사건이 공론화되어서 시끄러워진다면 김수현 씨에게도 피해가 가지 않겠습니까?"

"아닌데? 피해 안 가는데?"

"……."

"난 시끄러워져도 별로 상관 안 해. 언론이 떠들어 봤자 시간이 지나면 사라지겠지. 그리고 까놓고 말해서 내가 습격당했다는 사실이 터지면 그쪽이 곤란하지 내가 곤란하겠어?"

말 한마디 실수했다가 집중적으로 얻어터지자 남자의 얼굴이 창백해졌다.

옆에 있는 사람이 수습을 위해 대화에 끼어들었다.

"크흠, 살짝 오해가 있었던 것 같습니다. 이 친구의 말은 그런 뜻이 아니라…….”

“그쪽이 곤란하다는 거겠지. 입에 발린 소리는 그만하자고. 중앙개척부장 레이스가 시작됐는데 처음부터 삐끗하면 위험해서 보낸 거잖나.”

“……!”

그들은 서로를 쳐다보았다.

수현이 어떻게 저걸?

현재 중앙개척부장은 별 의욕이 없는 낙하산이었고, 리허쥔이나 저우량위 같은 야심가들이 파벌을 세워서 야심을 드러내고 있었다.

차원문 소동이 일어난 후 중국 내부에서도 카메론에 대한 관심이 많아졌고, 그들은 이걸 기회로 여겼다.

이럴 때 무언가를 해내야 상대보다 앞에 설 수 있다!

눈엣가시 마법사인 김수현의 견제도 그중 하나였다.

“그게 아닙니다.”

“아냐? 그러면 돌아가.”

“네?”

“아니라면 돌아가라고. 공론화시킬 테니까 국제 법정에서 보자.”

수현은 진심인 듯 자리에서 일어섰다. 그들은 당황해서 수현을 붙잡았다.

'이 자식 뭐야?'

협상을 하러 왔는데 바로 끝을 내려 하다니. 이런 식의 협상 기술은 본 적도 없었다.

"내 말이 맞아, 틀려?"

"그건 지금 말하기 조금 곤란한……."

"나갈래?"

"……맞습니다."

"인정하니 좋군."

이를 가는 소리가 들렸다. 수현은 피식 웃으며 물었다.

"불만이 많나 봐?"

"아닙니다."

"그래서…… 우리 저우량위 씨는 욕심이 많은데, 이번 실수로 인해서 발목을 잡히는 걸 원하지 않는다는 거겠지. 뭐까지 해줄 수 있나?"

담당자는 유려하게 설명을 시작했다. 그들이 보유하고 있는 각종 아티팩트부터 시작해서 자원 채굴권까지. 막대한 양의 현금도 그 보상 목록에 있었다.

그러나 수현은 고개를 저었다.

"……?"

"내가 원하는 건 하나야. 디브라오 지역에 대한 출입 금지."

"?!?!"

"그것만 지켜준다면 관대한 마음으로 잡힌 사람들을 풀어주고 일을 덮어주지. 괜찮은 보상 아닌가? 저 정도면 체면 유지는 할 수 있을 텐데."

공론화로 가서 상대에게 약점을 잡히는 것보다는 확실히 나은 조건이었다.

그래도 디브라오 지역에 대한 출입 금지라니. 이건 너무 컸다.

게다가 이해도 가지 않았다. 저우량위 파벌이 디브라오 지역에 들어가지 못하더라도 다른 이들은 얼마든지 들어갈 수 있었던 것이다.

"저희의 출입을 금지해도 다른 파벌은 들어갈 수 있잖습니까?"

"그건 내가 알아서 할 거야. 어떻게 할 거지?"

"……잠시 물어보고 오겠습니다."

수현의 어이없는 조건을 들은 저우량위는 욕설부터 내뱉었다.

"어디서 건방지게 감히!"

―어, 어떻게 할까요?

"……으음, 그놈이 알아서 한다고 했나?"

―예, 분명 그렇게 말했습니다.

"그놈이 손해 보는 짓을 할 리는 없겠지…… 그렇다면…….'"

저우량위는 예리하게 머리를 굴렸다. 수현의 말에서 무언가를 눈치챈 것이다.

수현은 다른 이들도 디브라오 지역에 들어오지 못하게 할 방법을 갖고 있다!

'뭐지? 다른 놈들도 약점을 잡혔나?'

저우량위는 빠르게 결론을 내렸다. 지금은 방법이 없었다. 어떤 손해를 감수하더라도 이 사건을 덮어야 했다. 디브라오 지역에 들어가지 못한다면 다른 곳을 노리면 될 뿐.

"이 빚은 반드시 갚아주지……. 좋다. 받아들여라."

-예, 알겠습니다.

저우량위는 얼굴을 손으로 쓸어내렸다. 이번에는 수현에게 단단히 당했지만 다음에 당하는 건 수현이 될 것이다.

벌써 독은 퍼지고 있었다.

수현이 초능력자를 모은다는 소리를 들었을 때부터 저우량위는 바로 계획을 세웠다.

'김수현과 그의 팀에 있는 초능력자를 봤을 때, 놈은 일반적인 초능력자를 원하는 게 아니라 독특한 초능력자를 원할 가능성이 크다.'

그렇다면 쉬웠다. 독특한 초능력을 가진 초능력자들을 섭외하고 신분을 세탁시킨다. 김수현이 미치지 않고서야 중국 국적을 가진 사람을 뽑지는 않을 테니 대부분이 외국인이었다. 이들에게 각종 회유와 설득, 그리고 배신을 할 경우에 대한 협박까지 하느라 정말 많은 비용이 들었다.

그러나 그럴 가치가 있었다. 김수현의 비밀을 빼 오는 데 성공한다면.

저우량위가 생각해도 그 짧은 시간에 정말 대단한 준비를 했다 싶었다. 심지어 김수현이 의심하지 않도록 몇몇 노골적인 함정도 따로 마련했다.

중국인 중에서도 김수현 밑에서 배워보고 싶다는 이는 많았다. 그런 민간 용병 몇 명을 골라서 혜택을 베풀어주는 척하며 김수현에게 보냈다.

당연히 김수현은 이걸 보고 경계하고, 그들을 쳐낼 것이다. 그러는 사이 진짜 스파이들은 깊숙하게 침입할 거고.

'완벽한 계획이야.'

"저…… 보고가 들어왔습니다."

"그래, 한 명은 들어갔겠지?"

"예."

"좋았어! 그게 누구지?"

저우량위는 주먹을 움켜쥐며 기뻐했다.

드디어 김수현의 목에 칼날을 들이댈 수 있겠구나!

"왕하이입니다."

"왕하이? 잠깐만…… 그런 놈이 있었나?"

김수현한테 스파이를 보내는 데 중국인을 보내지는 않았다. 의심부터 살 테니까.

"그, 혼란에 빠뜨리려고 뽑은 민간 용병 몇 명 있잖습니까. 그중에 하나입니다."

"뭐?!"

저우량위는 정말로 경악했다.

그놈이 왜?!

"그놈, 중국인 신분으로 간 거 아니었나?"

"맞…… 맞습니다."

"그런 놈이 됐다고?!"

"예…….'

남자는 자기가 잘못한 것처럼 고개를 숙였다.

저우량위는 입을 다물지 못했다.

아니, 이 상황에서 중국인을 뽑아?

'이런 쓸데없이 글로벌한 또라이 새끼를 봤나……!'

놀라운 건 놀라운 거고 중요한 건 현재였다.

"왕하이와 현재 어떤 계약이 되어 있지?"

"아무것도…….'

왕하이는 애초에 버림패였다. 수현이 스파이들을 쳐냈다고 생각하게 만드는 버림패. 당연히 저런 복잡한 계약은 하지도 않았다.

저우량위는 머리가 아파오는 것을 느꼈다. 그는 이마를 매만지며 말했다.

"최대한 빨리 접촉해 봐. 지금이라도 거래를 해."

"알겠습니다!"

"좋아. 이걸로 대충 마무리가 됐군."

한동안 저우량위 파벌은 디브라오 지역으로 들어오지 못한다. 리허쥔 파벌도 마찬가지였다. 그가 우샹카이를 시켜서 방해하게 할 테니까.

이 정도면 지하 왕국의 종족들에게 할 만큼 했다는 명분이 섰다.

"이 저우량위하고 리허쥔이라는 놈을 쳐내고 우샹카이를 위로 올릴 수 있을까……."

수현은 펜을 굴리며 생각에 잠겼다.

계획을 세우기는 했는데 갈 길이 멀었다. 저우량위도 리허쥔도 만만한 놈이 아니었다. 불륜이나 하다가 약점이나 잡히는 칠칠찮은 놈이 과연 저들을 누르고 올라갈 수 있을까?

"뭐…… 해봐야 아나. 그나저나 전력을 좀 늘리려고 했는데 어째 달라진 게 없는 거 같다."

문서연 말고 나머지는 믿을 수가 없는 놈들이었다.

왕하이야 어떤 놈인지 확인하려고 의도적으로 넣은 놈이었고, 데이비드도 초능력이 특이하기는 했지만 그거 때문에 넣은 게 아니었다.

'데이비드 로렌스. 이놈이 대체 여기에 왜 온 거지?'

중국인이 아닌데 수현이 이름을 알고 있다는 건, 그만큼 유명한 사람이었다는 뜻이었다.

데이비드 로렌스도 유명했다. 초능력자 범죄 사건으로.

수현은 아직도 그때 뉴스를 기억했다. 지구로 간 초능력자들이 단체로 폭동을 일으켰던 사건. 데이비드 로렌스는 그때 이름을 날린 놈이었다.

초능력자는 언제나 인류의 딜레마였다.

카메론을 개척할 때, 몬스터를 상대할 때 초능력자는 인류가 가진 가장 강력한 무기였다. 재래식 화기로는 분명히 한계가 있었으니까.

그러나 그와 동시에 초능력자는 질서를 위협했다. 투명화 능력 하나만 가져도 많은 범죄가 가능했다. 실제로 루이릴이 온갖 절도를 시도했던 것처럼.

초능력자를 상대로 무효화 장치나, 스캔 장치 등 온갖 대응 기술들이 나오고 있었지만 아직 갈 길이 멀었다. 정말 중요한 곳이 아니라면 찾기도 힘들었다. 더군다나 지구에서라면 더더욱.

초능력자들이 좋은 대우를 받기는 했지만, 그렇다고 모두가 만족하는 건 아니었다. 언제나 초능력자들이 일으키는 사고는 꾸준히 나왔다.

그리고 그 사고 중 가장 큰 축에 속하는 사고가 LA 초능력자 폭동이었다. 카메론의 초능력자들이 지구에서 일으킨 대규모 폭동. 군대가 직접 진압에 나설 정도로 격렬한 사태였다.

그때 수현은 한참 전장에서 구르고 있었기에 뉴스에서 소식을 듣고도 별 관심을 가지지 않았었다. '저런 사건이 있었군' 정도로 넘겼을 뿐.

그렇지만 분명 그 사건은 미심쩍은 부분이 있었다. 폭동이 일어난 이유도 제대로 밝혀지지 않았고 그 이후 처리가 어떻게 되었는지도 공개 발표가 되지 않았다.

주동자 몇 명이 현장에서 사살되었다고 나왔는데, 그 목록에 있었던 게 데이비드였다.

"이놈이 대체 왜 여기 온 걸까……."

수현에게 악의를 갖고 있어서 온 것이라기보다는 우연이 겹쳐서 왔을 가능성이 컸다. 지금 수현의 밑에서 일하고 싶어 하는 초능력자들은 수없이 많았으니까.

초능력도 특이한 데다가 무언가 알 수 있지 않을까 싶어서 덜컥 골랐는데 갑자기 고민이 되기 시작했다.

'괜찮겠지? 정 아니다 싶으면 도중에 잘라내면 되니까……'

수현은 일단 그렇게 하기로 마음먹었다.

"들, 들어가도 됩니까?"

긴장한 탓에 목소리가 갈라졌다. 수현은 들어오라고 대답했다. 문이 열리고 데이비드가 안으로 들어왔다. 그는 들어오자마자 고개부터 꾸벅 숙였다.

"수많은 초능력자 중에서 저를 골라주셨다고 들었습니다. 정말 영광입니다!"

'아무리 봐도 강인규과인데.'

강인규보다는 강단이 있어 보였지만 잔뜩 긴장한 얼굴에 꽉 쥔 주먹. 수현을 만난다는 긴장감에 얼어붙은 모습이었다. 이런 놈이 나중에 도시 하나를 뒤집을 수준의 폭동을 일으켰다는 게 잘 믿기지 않았다.

"제 초능력이 다른 초능력자들보다는 뛰어나지 않지만 정말 최선을 다해, 목숨을 바쳐서 일하겠습니다! 감사합니다!"

"능력이 환상 계열이라고 했는데, 상당히 독특하고 희귀한 초능력이군. 어떤 식인지 볼 수 있나?"

"저…… 마법사님이 보기에는 별것 아닐 수도 있겠지

만……."

"해봐, 부담 갖지 말고. 그리고 마법사라고 부르지 말고 팀장이라고 불러. 그 이름은 언제 들어도 촌스럽다니까."

환상을 보여주는 초능력은 꽤 드문 초능력이었다. 그러나 초능력을 가진 사람의 수가 적다고 해서 늘 가치가 높은 건 아니었다. 환상 계열 초능력의 가치는 그다지 높지 않았다.

수현이 만난 초능력자들도 거의 다 조잡한 환상 정도만을 보여주는 수준이었다. 게다가 몬스터에게 환상을 보여주는 건 통하지 않거나, 통하더라도 효과가 높지 않았던 것이다.

그렇다고 인간에게 환상을 보여주는 건 어지간히 정교하지 않으면 아예 의미가 없었다. 그런데 그 수준의 초능력을 갖는 게 쉬운 일이 아니었다.

"흠."

넓은 사무실의 바닥 위로 나무와 수풀이 자라났다. 얼핏 보면 그럴듯했지만, 자세히 보면 가짜란 걸 알 수 있었다.

수현은 살짝 실망했다. 이름만 보고 뽑은 게 실수였을까?

"원, 원래 사람한테도 걸 수 있습니다. 하지만 팀장님 정도 되는 사람한테는 걸어도 의미가 없어서…… 안 걸릴 겁니다."

"무슨 소리지?"

"초능력자들은 이런 환상에 대한 저항력이 강하잖습니까."

초능력자들은 기본적으로 초능력에 대한 저항력이 있었

다. 저주부터 시작해서 어지간한 건 견딜 수 있으니 환상도
마찬가지였다.

수현은 그 말을 듣고 엘프들의 숲을 떠올렸다.

'그때도 나한테는 전혀 안 통했었지?'

"그렇긴 하지."

"네……."

데이비드는 바로 기가 죽었다. 눈치를 보는 게 수현이 마
음이 바뀌면 어떻게 하나 싶은 기색이었다.

수현은 괜찮다는 듯이 손짓했다.

"여기 들어오기 전에는 이곳저곳 돌아다녔었군."

"예! 하지만 제가 불성실하거나 그래서가 아니라……."

"알아. 원래 애매한 초능력자는 한곳에 머무르기 힘들지."

초능력자라고 덜컥 뽑았는데 성적을 내지 못하면 그만큼
곤란한 것도 없었다. 그럴 경우에는 이리 치이고 저리 치이
게 되어 있었다.

데이비드는 여기를 마지막 기회라고 여기고 있었다.

최근 가장 명성을 날리고 있는 마법사의 밑에서 일할 수
있는 기회. 혹시라도 능력이 향상될 수도 있었으니까.

실패할 경우 그냥 지구로 돌아가서 다른 일을 찾아볼 생각이
었다. 더 이상 용병 회사에서는 일을 하는 게 힘들어 보였다.

'일반인들 상대로 사고 치기는 좋은 능력인데.'

"들어온 걸 축하해. 같이 잘해보자고."

"감, 감사합니다!"

수현은 일단 두고 보기로 했다. 저 환상도 써먹으려고 하면 충분히 써먹을 수 있는 능력이니까.

"자, 우리가 좀 어색한 관계지. 무슨 소리를 하는지는 알거야."

"예. 하지만 팀장님, 미리 말씀드리자면 저는 어떠한 뒷거래도 하지 않았습니다. 정부가 지원해 준 건 그냥 그들이 지원해 준 것뿐입니다."

왕하이는 말하면서 스스로도 설득력이 없게 느껴졌다.

그 누가 아무것도 바라지 않고 이렇게 지원을 해주겠는가. 그가 아무리 아니라고 우겨도 다른 사람들은 그가 중국 정부와 관련이 있다고 여길 것이다.

"그냥 지원을 해줬다고?"

"네, 정말입니다. 조사를 해보셔도 좋고, 어떻게 확인하셔도 좋습니다."

"믿어. 아마 널 보낸 사람들도 네가 뽑힐 거라는 생각은 안 했겠지."

"……?"

"중국에서 스파이를 보낼 때 아무런 대비도 하지 않고 보내지는 않아. 너처럼 대놓고 드러난 사람 몇 명 정도를 따로 보내서 위장을 한다고. 그러면 네가 대신 걸려서 쫓겨나는 동안 다른 놈들은 안으로 들어올 수 있으니까. 중국인들 스펙이 괜찮더군. 어지간히 안달이 났나 봐. A급 이상 되는 놈들을 그렇게 보내다니."

모두가 수현이 갖고 있는 비밀을 알아내기 위해 혈안이 되어 있었다. 생각보다 별거 없다는 걸 그들이 깨닫게 된다면 무슨 표정을 지을지 궁금했다.

"그러면 중국 정부가 어떤 제안을 해도 거절하고 우리 팀의 충실한 팀원으로 일할 건가?"

"가능하다면 그렇게 하겠습니다."

왕하이는 딱딱한 태도로 대답했다. 무조건 그렇게 하겠다고 하지 않은 게 더 그럴듯하게 느껴졌다.

"초능력이 꽤나 쓸 만하던데."

"몬스터 상대로는 별 효과가 없습니다."

"괜찮아. 몬스터 상대는 거의 내가 다 하니까."

"나중에 알게 될 테니 미리 말하지만, 기존의 팀원들처럼 나오는 걸 전부 나눠 주지는 않을 거야. 국적도 다른 데다가 내가 그렇게 할 생각이 없어서. 그래도 괜찮나?"

"여기서 배울 기회를 얻는다는 걸 영광으로 여길 뿐입니다."

"오, 그러면 무급으로 일해도 되나?"

"그, 그건 좀……."

"농담이야. 권리증은 못 챙겨주는 대신 현금으로는 넉넉하게 챙겨주지."

수현은 왕하이가 꽤나 신기했다. 대화해 보고 나서 중국 쪽과 협력을 할 거 같으면 그냥 역정보를 흘릴 창구로 쓰려고 했는데 왕하이는 전혀 그런 느낌이 없었다. 오히려 정부에 반감을 가진 것 같았다.

'사연이라도 있나?'

"어쨌든 온 걸 축하해. 같이 잘해보자고."

"감사합니다!"

"내 체면을 이렇게 구겨도 되는 건가?!"

─회장님이 어떤 분이신데 이런 걸로 체면이 구겨지시겠습니까.

"내가 보낸 놈들, 쳐다보지도 않고 다 잘랐다며?"

─아…… 서류만 봐도 각이 나오던데요.

"각은 무슨 각이야! 이럴 거면 추천은 왜 해달라고 한 건가!"

-좋은 사람 나오면 뽑으려고 했죠. 다 수준이 좀 떨어져서…….

"수준이 떨어져?"

회장은 어이가 없어서 기침을 터뜨렸다.

지금 보낸 초능력자들은 미국에서도 A급 이상으로 평가받는, 유망주들이나 실력자들이었던 것이다. 그런 사람들을 '수준이 떨어진다'니.

-있어도 그만, 없어도 그만인 초능력자들을 넣고 다닐 필요는 없잖습니까. 게다가 회장님이 소개해 준 사람들이라면 다들 어깨에 힘 들어가고 거만한 사람일 거 아니에요?

"무슨 말을……."

회장은 부정했지만 내심 찔리는 걸 느꼈다. 확실히 저런 초능력자들은 다 한 성격 했으니까.

-와서 상전 행세할 놈들은 별로 필요가 없어서요. 어쨌든 회장님, 추천해 주셔서 감사합니다. 다음에 선물이라도 하나 보내겠습니다. 붉은돼지버섯은 아직도 드시고 계시죠?

'이런 XXX가…….'

선물 하나로 퉁 치고 넘어가자는 태도라니. 회장은 오랜만에 욕이 나오는 걸 참아야 했다.

"안 돼. 내 체면이 있으니 한 명은 무조건 골라야 해!"

-예? 진짜 싫은데.

"있어도 그만, 없어도 그만이면 일단 넣어도 손해 보는 건 아니라는 소리잖아! 가장 쓸 만한 놈을 골라."

ㅡ상전 행세를 하면…….

"자네가 그 정도도 통제 못 하나?"

ㅡ그건 그렇긴 합니다.

수현은 순순히 수긍했다. 그의 팀에 와서 뭐라도 된 것처럼 까분다면 바로 밟아줄 자신이 있었다.

"거기서도 성격 괜찮은 놈 몇 명 있으니 무조건 한 명 고르라고."

ㅡ그러면 치유 능력자로 하죠. 치유 능력자 중 가장 성격 괜찮은 사람으로.

치유 능력자는 있으면 있을수록 좋았다.

수현의 말에 회장은 고개를 끄덕였다.

"그러면 그렇게 하지."

수현과 친분이 깊은 것으로 유명한 회장이었다. 그런데 정작 그가 추천한 초능력자들이 전부 잘려 나간다면 그만큼 웃기는 상황도 없었다.

'그런 상황만큼은 무조건 피해야 한다.'

이렇게 새로운 인원을 구하는 건 정리가 되어가고 있었다.

"왜 우리만 따로 부른 거야?"

"새로 들어온 대원들에게 주기에는 좀 모호한 물건이라서."

수현은 기존 대원들을 한곳에 불러 모았다. 이유는 간단했다. 초능력 강화 비약을 복용시키기 위해서였다.

"이거…… 비약이잖아?"

샤이나는 금방 알아보았다. 애초에 그녀의 부족에서 나온 물건이었으니까.

수현은 고개를 끄덕이며 말했다.

"이제 복용할 때가 됐지."

"어떻게 재료를 모은 거야? 그사이에 모았을 리가 없는데?"

"지구에 나타난 몬스터들한테서 구했지."

수현의 말에 샤이나는 감탄했다. 그런 방법이 있었다니.

"자, 모두 복용하고……."

"저도 복용해도 됩니까?"

김창식이 떨떠름한 표정으로 물었다.

"귀한 물건 같은데, 효과가 없으면……."

"초능력 총량은 커질 거야. 아티팩트 쓰기에는 편하겠지."

"……초능력 자체가 성장한다는 소리는 안 해주십니까?"

"음, 그건 좀……."

수현은 곤란하다는 표정으로 다른 사람들을 쳐다보았다. 모두가 시선을 피했다. 그걸 본 김창식이 투덜거렸다.

"아무리 그래도 그렇지, 분명……."

"시끄럽고, 모두 복용이나 해라."

"예!"

비약을 복용한 사람들은 다양한 반응을 보였다.

어지러워하며 쓰러지는 사람, 별 느낌 없이 멀쩡한 사람.

루이릴은 헛구역질을 하며 화장실로 갔고 샤이나는 갑자기 졸음이 쏟아진다고 말했다.

다행히 심각한 부작용이 나타나는 사람은 없었다.

"대체적으로 다 초능력이 증가하는 건 맞는 것 같습니다."

"그래, 샤이나만 봐도 능력 자체의 총량이 커지는 건 확실하군."

수현뿐만 아니라 다른 사람들한테도 적용되는 걸 보니 확신을 가질 수 있었다. 이 비약은 진짜였다.

"저놈은 빼고……."

김창식의 불꽃은 화려해진 걸 넘어서 장엄의 영역으로 도달하고 있었다. 누가 보면 드래곤 브레스라고 해도 믿을 것 같았다. 물론 열은 전혀 없었지만.

"총량 자체는 늘었으니 아티팩트 사용에는 문제가 없을 겁니다."

"그야 그렇겠지. 야, 그만해."

수현의 말에 김창식은 시무룩해진 표정으로 화염을 껐다. 수현은 그의 어깨를 두드려 주며 말했다.

"긍정적으로 생각해. 아티팩트를 더 잘 쓸 수 있게 됐잖아?"

"더 슬픈데요."

대화를 나누고 있는 사이 직원이 문을 두드렸다.

"무슨 일이지?"

"개발계획국 국장님께서 찾아오셨습니다."

"지금 내려간다고 전해."

63장
광산의 괴물(1)

꽤나 오랜만에 만난 국장의 얼굴은 전보다 밝아 보였다.

전에 만났을 때는 이중영에 관한 고민이나, 지구에 나타난 차원문으로 인한 고민 때문에 괴로워하는 얼굴이었기에 더욱 그랬다.

그는 만나자마자 축하 인사를 했다.

"팀장님, 이번에 새로 대원을 뽑으셨다고 들었습니다. 성공적으로 끝난 거 같아서 다행입니다."

"국장님 덕분이죠. 문서연을 보내주셔서 감사합니다. 안 그래도 언제 자리를 만들까 하고 있었는데."

"하하……."

이원재는 대답 대신 웃음으로 말끝을 흐렸다. 사실, 문서연을 빼돌려서 수현에게 보내준 건 그도 꽤나 힘을 쓴 것이었다.

지금 이중영은 새로 조직을 만들어 실적을 세우겠다고 벼르고 있었고, 그를 밀어주는 정부 쪽 인사도 꽤 있었다.

그가 이중영의 야심을 모를 리 없었다.

'실적을 세워서 위로 올라가겠다는 거겠지.'

그런 상황에서 문서연 같은 초능력자를 민간으로 보낸 건 확실히 눈치가 보이는 일이었다. 안 그래도 정부에서 초능력자가 너무 없다고 아우성이 나오는 상황인데.

그래도 수현은 그만한 가치가 있었다. 국장은 그렇게 생각했다. 이중영과는 이미 척을 진 상황이니 믿을 건 수현밖에 없었다. 그와의 관계를 더 단단히 만들어야 했다.

"저도 깜짝 놀랐습니다. 팀장님이 대단하다는 건 예전부터 알고 있었지만…… 그렇게 사람이 몰릴 줄은 상상도 못 했습니다. 각국에서 초능력자들이 몰릴 거, 예상하고 계셨습니까?"

"그 정도까지일 줄은 몰랐죠."

"저한테도 말이 좀 들어왔을 정도니 다른 곳은 더했을 겁니다."

"말이 들어오다뇨?"

"아, 내가 아는 누구를 추천해 달라는 이야기였습니다

만…… 당연히 거절했습니다. 그런 걸 멋대로 부탁받을 수는 없잖습니까."

"추천이야 뭐 상관없는데요."

회장 같은 경우는 억지를 부릴 정도니 국장 정도의 태도면 온건한 편이었다.

"그거 말고 별다른 말은 없고요?"

"아…… 혹시 알고 계시는 겁니까?"

수현은 대답 대신 눈썹을 찡그렸다.

무슨 소리를 하는 거지?

"뭘요?"

"아, 아니라면……."

"국장님, 뭘 또 숨기고 넘어가려고 하세요. 그냥 말하시죠."

"이번에 새로 뽑은 대원들이 전부 외국인이잖습니까. 미국인 둘에 중국인."

"문서연은 한국인인데요."

"문서연 씨는 좀 예외니까 넘어가고요. 어쨌든 그래서 말이 좀 나왔습니다. 명색이 한국 유일의 마법사가 이끄는 최강의 팀인데 이렇게 외국인을 넣어도 괜찮은 건가? 하고."

"어떤 놈이 그딴 미친 소리를 해요? 무슨 국산품 애용인가? 실력 있고 쓸 만하면 쓰는 거지. 애초에 내 팀에 오크들부터 시작해서 엘프, 다크 엘프들까지 다 있는데."

수현은 어이없다는 듯이 말하다가 멈칫했다.

"설마…… 이거 이중영이 말했습니까? 이런 말로 여론 만들 놈은 그놈밖에 없는데."

"어, 어떻게 아셨습니까?"

때때로 수현이 보여주는 통찰력은 이상할 정도로 신기한 부분이 많았다. 수현이 대단한 초능력자이기는 했지만, 이중영이 어떻게 움직이는지 예측하는 건 전혀 별개의 문제 아닌가.

"아, 이거. 진짜 신경 거슬리게 하네."

"팀장님, 참으십시오. 어차피 팀장님이 신경 쓸 만한 사람은 아닙니다. 아시다시피 이번 차원문 소동이 끝나고서 이름이 남은 건 팀장님이잖습니까?"

"국장님, 원래 그런 놈은 한번 내버려 두면 계속 달라붙어요. 언제 한번 수를 내야 하겠는데……."

수현의 중얼거림을 들은 국장은 갑자기 불안해지는 걸 느꼈다. 수현이 마음만 먹으면 막 나갈 수 있다는 건 예전부터 알고 있었다. 그래도 이 분위기라니.

'설마 사고를 치지는 않겠지?'

"그러면 오늘 오신 건 새로 대원 뽑은 걸 축하하려고 오신 겁니까?"

"아닙니다. 그거는 그냥 따로 연락을 드려도 되는 거니까요. 오늘 온 건 부탁을 드릴 게 있어서입니다."

"······?"

국장은 들고 온 홀로그램 사출기를 작동시켰다. 방 안에 바다 위에 떠 있는 섬 영상이 나타났다.

"바다? 설마 카메론은 아니겠죠?"

"카메론이 아니라 지구입니다."

아무리 수현이라도 카메론의 바다 위로 올라갈 생각은 없었다. 바다 안의 몬스터와 부딪히기만 해도 함선이 쪼개질 텐데, 미친 짓이나 다름없었다.

그건 국장도 알고 있었다. 그는 급히 설명에 나섰다.

"이 섬이 어딘지 아십니까?"

"바다는 워낙 연이 없어서······."

"보하이해 위에 있는 섬입니다."

보하이해. 지구의 중국과 한국 사이에 있는 황해 위에 있는 바다였다. 랴오둥 반도와 산둥 반도로 둘러싸인 중국의 바다.

"거기 이런 섬이 있었습니까?"

수현은 의아하다는 듯이 되물었다. 섬의 크기를 봤을 때, 저건 뭔가 이질적이었던 것이다.

"잘 맞히셨습니다. 저 섬은 원래 없었죠. 저번 차원문 소동 때 생겨난 섬입니다."

"······!"

수현은 오랜만에 놀랐다. 차원문 소동 때 몬스터들만 넘어온 줄 알았는데, 지형 하나가 통째로 넘어오다니. 저건 거의 평양 수준 아닌가.

"거의 마지막에 넘어온 데다가 지형 하나만 넘어왔기에 중국 정부에서도 몬스터에 비해 그다지 신경을 쓰지 않았습니다."

"본토를 관리하는 것만 해도 정신이 없었겠죠."

"이제 상황이 정리되고 나니 저 지형을 탐사하기 위해 사람을 보냈는데, 놀라운 사실이 발견됐습니다. 저 섬 안에 막대한 양의 에멜늄이 매장되어 있다는 사실이요."

에멜늄. 카메론의 자원 중 하나로, 차세대 에너지원으로 각광받는 물질 중 하나였다. 워낙 희소하기 때문에 아직 본격적으로 진행되지는 않았지만…….

수현은 갑자기 배가 아파오는 것을 느꼈다. 다른 국가들은 몬스터가 나타나서 고생하고 있는데, 중국 놈들은 하필이면 자기 앞바다에 저런 광산이 나타난단 말인가. 저건 카메론에서도 구하기 힘든 건데…….

"그런데 이게 저와 뭔 상관이죠?"

"네, 그냥 에멜늄만 있었으면 저도 팀장님한테 굳이 말하지 않았겠죠. 중국도 그냥 조용히 자원을 챙겼을 겁니다. 문제는 이 안이…… 몬스터 소굴이라는 겁니다. 차원문이 넘어올 때 같이 넘어온 거 같습니다."

"몬스터가 같이 넘어왔다고요? 그런데 밖으로 안 나왔어요?"

광산 지형 하나가 통째로 넘어왔는데, 그 안에 있는 몬스터들이 잠잠하다는 게 신기했다. 보통 밖으로 나와서 온갖 난리를 칠 텐데.

"네, 몬스터들이 밖으로 나왔다면 중국 정부도 처음부터 전력을 집중했겠죠. 잠잠하니 별 위협이 되지 않는다고 판단한 모양입니다. 그런데 지금은……."

국장은 대답 대신 어깨를 으쓱거렸다.

"중국은 정확한 정보를 공개 안 하고 있지만, 최소 열 팀은 넘게 들어가서 전멸한 모양입니다. 중국 쪽 라인을 통해서 들은 정보이니 이건 확실합니다."

"열 팀이 넘게?"

카메론에서도 이 정도 실패는 보기 드물었다. 보통 두세 팀이 실패하면 그다음부터는 개척을 멈췄다. 원인을 찾기 전에는 그냥 내버려 두는 것이다. 카메론은 넓었고, 굳이 사지로 기어들어 가야 할 이유는 없었으니까.

그러나 지구는 이야기가 달랐다. 중국의 입장에서는 앞바다에 나타난 몬스터 소굴을 그냥 내버려 둘 수가 없었다.

"군대도 동원됐을 겁니다."

"그렇겠죠. 흠…… 아예 폭격으로 날려 버리는 건?"

"이 지형 자체를요? 광산이 무너지면 안에 있는 몬스터들이 전부 밖으로 나올 텐데, 바다로 풀리면 재앙이 일어날 겁니다."

"익사는 안 하려나?"

"몬스터니까 확신을 할 수가 없죠."

태연하게 말하는 수현을 보고 국장은 어이없다는 표정을 지었다.

"핵은 무리일 테고……. 자료 보니까 꽤나 좁은 갱도 지형 같은데, 열 팀 넘게 전멸했으면 몬스터도 보통 만만한 놈이 아닐 테고. 속 좀 썩이겠네요."

"팀장님 같은 경우에는 이런 곳을 어떻게 공략하시겠습니까?"

"안 들어갈 건데요."

"……그게 맞는 방법이긴 한데, 어쩔 수 없이 들어가야 한다면?"

"글쎄요. 이런 곳은 딱히 정해진 답이 없어서……. 저 같은 경우에는 아마 몬스터를 어떻게든 밖으로 꾀어내어 볼 것 같은데요."

"몬스터를 밖으로?!"

국장은 화들짝 놀랐다. 카메론과 달리, 지구로 넘어온 몬스터를 자극하는 건 금기에 가까웠다. 혹시 놓치기라도 하면 그때부터는 농담으로 끝나지 않았다. 대형 참사가 일어나는 것이다.

"통제에 실패하면 어떡하시려고요?!"

"어차피 중국 옆인데 중국으로 올라가겠죠."

"?!"

국장은 수현이 농담인지 진심인지 헷갈리기 시작했다.

"몬스터를 밖으로 꾀어내야 어떤 놈이 안에 있는지 확인을 하죠. 지금 열 팀 넘게 전멸한 거 보면 자료도 별로 없을 것 같은데."

"그건 잘 모르겠습니다. 중국 쪽이 정보를 워낙 숨기니까요."

"아마 없을 겁니다. 열 팀 넘게 전멸하는 경우는 보통 정보도 모으기 힘들어요. 정보 모으는 게 가능하면 저런 상태까지 안 가지."

국장은 손가락을 꿈틀대다가 결심하고서 입을 열었다.

"팀장님, 사실 제가 제안할 게 바로 이곳입니다."

"설마 여기를 들어가라고?"

"……예, 물론 거절하셔도 되지만 제 말을 한번 들어주기만 해주십시오!"

수현이 바로 욕을 할 것 같자 국장은 급하게 말했다.

"중국 쪽에서 제안이 왔습니다. 이 광산의 지분을 가져갈 생각이 없냐고. 약 2조에 가까운 규모인데…… 여러 복잡한 계약 조건을 다 거르고 따지고 보면 거의 무상에 가깝습니다."

"……?"

중국이 미치지 않고서야 저런 광산의 지분을 무상으로 넘겨줄 리 없었다.

카메론에도 자원 사업은 황금알을 낳는 사업이었다. 몇 가지 문제점만 제외한다면.

자원을 찾고, 그 자원을 캐내서 옮기고, 도중에 습격하는 몬스터를 상대해야 하는 문제점들. 이런 것들을 넣으면 비용이 막대하게 증가했다.

비용으로 해결되면 다행이지, 실제로 발견된 자원이 있어도 사업을 진행하지 못하는 경우가 수두룩했다.

회사 입장에서도 조심스러운 것이다.

도시 주변이면 모를까, 오지 깊숙이 들어가서 자원을 캐도 괜찮을까? 몬스터가 나올지도 모르는데?

실제로 수현도 깃발은 많이 꽂았지만 그중에서 개발이 진행되고 있는 건 몇 개 없었다. 거래 제안은 개발 기업보다 투자 회사에서 더 많이 들어왔다. 수현에게 사서 더 비싸게 팔아먹으려는 것이다.

그런데 지구에 나타난 광산은 그런 문제점이 모두 사라진, 완벽한 황금이었다. 바로 옮길 수 있고 몬스터의 습격도 없고…… 물론 이 경우는 그 안에 몬스터가 있지만.

"설마 절 노리고 제안한 겁니까?"

"네, 저희도 그렇게 생각합니다."

무상에 가깝게 광산 지분을 넘겨주겠다. 대신 이 안의 몬스터를 처리하는 건 한국이 맡아달라.

중국 정부의 이런 제안을 받자 한국 정부는 처음에 당황했다.

이게 무슨 뜻일까?

시간이 지나자 그 속뜻을 알 수 있었다.

―한국이 가진 최강의 패를 꺼내달라. 그 대가로 돈을 지불하겠다.

수현을 돈으로 사겠다는 것이나 마찬가지였다.

"하, 장사 크게 하네……. 그보다 국장님이 직접 오신 건, 위에서 총대 맡으라고 압력이라도 받았습니까?"

"……?!"

속마음을 들킨 국장이 어깨를 움찔했다.

어떻게 알았지?

이런 제안을 쉽게 들고 갈 수 있을 리는 없었다. 당연히 그나마 수현과 친분이 쌓인 그가 대표로 뽑혔고…… 이렇게 오게 된 것이다.

"설마 지분은 정부가 독식하고 일은 저만 하는 건 아니죠?"

"절대로 아닙니다! 만약 하시게 되면 지분은 원칙대로 나눠 가지게 될 겁니다!"

미치지 않고서야 수현한테 그런 수작을 부릴 리 없었다. 그랬다가는 당장에 수현은 이민을 신청하고 다른 국가는 신이 나서 받아준 다음 국제 재판으로 광산의 권리를 요청할 테니까.

문제는 이렇게 보상을 해줘도 이 광산은 수현이 가기에 급이 맞지 않는 곳이었다.

이미 카메론에서는 왕이나 다름없는 수현이었다. 이제 그를 돈으로 움직이게 하는 건 무리였다. 정부 관계자들도 그걸 잘 알고 있었다.

"관계자들은 아마 제가 가졌으면 하나 봅니다?"

"예, 어마어마한 실적이니까요. 까놓고 말해서 팀장님이 광산의 지분을 전부 가져가도 그 광산을 갖고 왔다는 명목만 남으면 저희한테는 이익입니다."

"이렇게 하죠."

"……?"

"위에 전하세요. 이번 일을 받아들이는 건 현 정권의 업적을 하나 세워주는 거잖습니까. 다음 선거에도 도움이 될 정치적 업적."

"노골적이지만 좀 그런 면이 있습니다."

"국장님을 차기 행성관리부 장관으로 만들어 달라고 전해 주시죠. 받아들여진다면 이 광산 공략, 고민해 보겠습니다."

"네?"

처음에 국장은 그가 잘못 들은 줄 알았다.

이게 뭔 소리?

"저를 뭘요?"

"차기 행성관리부 장관으로요."

"???"

"이중영도 그렇고…… 언제까지 미적거릴 수는 없죠. 카메론의 다른 국에도 이중영을 밀어주는 사람은 있을 거 아닙니까. 소모적인 싸움은 하지 맙시다. 바로 위로 올라가죠."

수현의 말에 국장은 당황스러워했다. 너무 갑작스러운 말이었던 것이다.

그걸 본 수현이 의아하다는 듯이 물었다.

"자리에는 별로 욕심이 없으신가 봅니다? 부담되면 안 하셔도 됩니다. 다른 사람을 찾아보죠."

수현이 원하는 건 그와 코드가 맞는 사람이었다. 동시에 정부의 고위직에 앉을 수 있어야 했다. 카메론에서 정책의 대부분을 건드릴 수 있는 위치.

그게 수현이 원하는 것이었다.

물론 그렇다고 해서 수현이 직접 장관을 하겠다고 나설 생각은 없었다. 그런 파격적인 인사는 많은 반발을 불러올 것이다. 수현이 아무리 마법사에다가, 영웅 취급을 받지만 그렇다고 해서 모든 걸 마음대로 할 수는 없었다. 여론은 의외로 보수적인 것이다.

"다, 다른 사람이라뇨?"

국장은 당황스러운 마음을 수습하기도 전에 수현이 다른 의견을 꺼내자 더 놀란 모양이었다.

"뭐, 사람이야 찾으면 나오겠죠. 어차피 장관은 대통령의 결정만 있으면 거의 가능한 거 아닙니까? 절차가 있다지만 그건 거의 의미가 없을 거고요. 카메론에서 적당히 경력이 있고 성실할 거 같은 사람을 추천하면 되겠죠."

"아닙니다! 저도 장관 하고 싶습니다!"

국장은 급히 대답했다. 이러다가 그가 알지도 못하거나, 그의 밑에 있는 사람이 갑자기 장관이 되는 꼴을 보게 될지도 모른다는 위기감이 들었다.

"그래요? 잘됐네요. 말 전해주세요."

"아, 아니. 팀장님. 아무리 그래도 이건 좀 아닌 것 같습니다. 다른 걸 요구하면 몰라도 정치적인 영역에 요구를 하는 건……."

"그다지 과한 건 아닌 것 같은데요. 국장님 정도면 충분히 자격 있지 않습니까? 이중영 같은 놈도 하겠다고 날뛰는 세상인데."

'그 인간은 아직 멀었잖습니까…….'

국장은 속으로만 중얼거렸다.

"그리고 제가 중국 측에 해줄 걸 고려해 본다면 그 정도 요구는 충분히 할 수 있다고 보는데요. 그것도 요구하지 못하면 제가 그 일을 왜 해야 하겠습니까?"

수현은 이미 상황을 읽고 있었다.

지금 이런 식의 커다란 업적을 세우려는 건 다가올 선거를 대비해서겠지.

이번 선거에서는 싫든 좋든 카메론이 중요한 이슈로 떠오를 수밖에 없었다. 차원문 소동이 있었기 때문이었다.

몬스터가 나와서 날뛴 충격은 쉽게 사라지지 않았다. 그 전까지 카메론은 관심을 가지는 사람만 가지는 곳이었다면 이제는 많은 사람이 관심을 가지게 되었다.

언론이나 TV에서도 카메론이 어떤 곳인지 다루는 비중이 늘었고, 진지하게 카메론 이주를 고민하는 사람도 폭증했다.

벌써부터 국회의원들은 '안전한 대한민국'을 외치며 카메론에 관심이 많았다는 걸 어필하고 다녔고, 실제로 수현에게도 몇 번 연락이 왔다. 같이 식사나 하자고.

물론 수현은 거절했다. 실질적으로 무언가를 해줄 수도 없는 인간들의 유세를 위해 소중한 시간을 낭비할 생각은 조금도 없었던 것이다.

이런 상황에서 한국이 보유한 세계 유일의 마법사가 중국 지역의 몬스터를 처리하고 광산 지분을 가지고 오는 건 엄청난 홍보가 될 게 분명했다.

─우리는 이렇게 대단한 인재를 보유하고 있다!

"어…… 팀장님, 혹시 여당에 불만이 있으십니까?"

"아뇨, 여당이든 야당이든 별로 상관하지 않습니다. 그냥 제가 카메론에서 일할 때 방해만 안 하면 됩니다."

현재 정권과 여당은 수현과 사이가 나쁘지 않았다. 물론 수현이 그들과 같이 돌아다니면서 하하 호호 했다는 게 아니라, 수현이 카메론에서 지원을 받으며 무언가를 하는 동안 그들이 방해하지 않았다는 것에 가까웠다.

사실, 그들이 방해할 이유가 없었다. 수현만큼 결과를 만들어내는 사람도 드물었으니까.

수현이 없었다면 카메론에서 있었던 실패는 현 정권의 약점이 되었을 것이다.

수현이 있었기에 '세계 최초의 마법사를 우리가 보유했다!'

이런 식의 홍보가 가능한 거였지, 아니라면 야당이 신이 나서 물어뜯었을 게 분명했다.

"여당이 계속 여당이어도 상관은 없습니다만, 저로서는 확실한 안전장치 하나 정도는 만들어 놓고 싶군요. 행성관리부 장관이 저와 코드가 안 맞는 사람으로 바뀌고 나면 일이 귀찮아질 테니까요."

"팀장님을 건드릴 수 있는 사람은 없을 겁니다."

"직접적으로는 못 건드려도 여러모로 귀찮게 할 수는 있겠죠. 발목을 잡고 늘어진다거나……. 저는 그런 짓으로 에너지를 소모할 생각이 조금도 없습니다. 처음부터 자르고 가는 게 낫지 않겠습니까."

수현은 냉정했다. 이중영이 어느 쪽과 선을 잡고 놀고 있는지는 모르겠지만, 그와 같이 진흙탕에서 멱살을 잡고 누가 더 공을 많이 세웠니로 다툴 생각은 조금도 없었다.

그건 하수나 하는 짓이었다. 수현은 위치가 되는데 뭐하러 그런 짓을 하겠는가? 그냥 가장 위와 협상을 하는 것이 빨랐다.

"위에 말을 전해주시죠. 저를 움직이게 할 거면 그 정도는 해야 할 거라고."

"……알겠습니다."

국장은 더 이상 수현을 설득할 수 없다는 걸 깨닫고 포기했다. 여기서 괜한 말을 했다가는 역효과가 날 수 있었다.

그렇지만 걱정이 사라진 건 아니었다. 수현이야 세계 유일의 마법사니, 정부와 관계가 틀어져도 데리고 가려는 곳이 흘러넘쳤다.

그러나 그는 어디까지나 공무원이었다. 제법 고위 공무원이었지만 위에는 그가 밉보이면 안 될 사람이 많았다.

'이거 나만 끼어서 욕먹는 거 아닌가 몰라……'

위에서 수현의 제안을 들었을 때 가장 먼저 무슨 생각을 할까?

―이 개발계획국 국장이라는 놈, 혹시 마법사한테 부탁해서 이런 청탁을 넣은 거 아닌가?

'정말 아니라고!'

장관을 꿈꾼 적은 있었지만, 그건 어디까지나 계단을 꾸준히 올라가는 식이었지 이렇게 급격한 상승이 아니었다.

"이건 조금…… 너무 과한 거 아닙니까?"

"아무리 마법사라지만 좀 심한데. 자기가 뭐라도 된 것처럼 착각하는 거 아닌가? 마법사라고 해봤자 카메론에서만 알아주는 촌놈 아닌가. 난 예전부터 초능력자가 싫었어. 어쩌다가 주운 복권으로 날뛰는 놈들."

"아니, 김수현 씨라면 그럴 만한 자격이 있죠. 그리고 김의원님, 초능력자에 대한 그런 태도는 조심해야 할 겁니다. 속으로 생각하세요."

"내가 뭘 잘못했다고?"

"그게 여론에 잡히면 문제가 됩니다. 차원문 소동 이후에 초능력자들에 대한 여론이 급격하게 좋아졌습니다. 그리고 김수현 씨는 그 초능력자 중 정점에 서 있는 사람이고요. 그런 사람을 섣불리 비판했다가는 아무리 의원님이라도……."

남자는 목에 대고 손을 그었다. 선거에서 불리하다는 표현이었지만 충분히 오싹했다. 그 말을 들은 의원은 급히 고개를 끄덕였다.

"이해했네. 조심하도록 하지."

"그리고 실제로 김수현 씨는 국가를 위해 많이 헌신하지 않았습니까? 카메론에 있었을 때부터 굵직한 사건에 참여했고, 차원문 소동이 터졌을 때도 조금도 군소리하지 않고 바로 달려왔습니다. 이 정도로 애국심이 넘치는 초능력자도 드물어요. 저번 차원문 소란 때 타국의 A급 초능력자들이 어떻게 행동했는지 아십니까? 에이전트 고용해서 정부와의 협상을 요구했습니다. 사건 일어날 때마다 각각 보수를 받겠다고 말입니다. 김수현 씨도 충분히 그 정도는 할 수 있었어요. 그런데 안 한 겁니다."

젊은 의원은 수현에게 꽤나 호감을 갖고 있는 것 같았다. 물론 그는 수현이 저런 평가를 노리고 의도적으로 헌신했다는 걸 상상하지도 못했다.

"그런 애국심을 갖고 있는 사람을 함부로 대하면 실례죠. 저희도 존중해야 합니다."

"흥, 내 식사 제안도 무시한 놈을 뭘……."

모두의 시선이 아까 불평한 의원에게로 쏠렸다.

설마 김수현을 싫어하는 게 그거 때문에?

그걸 눈치챈 의원은 헛기침을 했다.

"크흠, 이야기 계속하게."

"어쨌든 의원님, 현재 상황은 저희한테 유리합니다. 저희는 과반수를 차지하고 있죠. 그런데 반대로 생각하면 야당은 그만큼 기회를 노리고 있다는 겁니다. 어떻게든 약점을 찾아내려고 발악을 하겠죠. 드래곤 슬레이어 프로젝트 기억하십니까?"

모두가 고개를 끄덕였다. 정말 아찔한 기억이었다. 다른 나라들도 같이 실패를 해서 망정이었지, 단독으로 했다가 그만큼 실패를 했으면 선거 때 정말 치명적으로 작용했을 것이다.

"야당은 어떻게든 그런 이슈를 만들어내려고 할 겁니다."

"우리는 그런 대형 프로젝트를 준비하고 있는 게 없잖나? 차원문 소란도 성공적으로 막아냈고……."

"아뇨, 아뇨. 우리한테서 약점이 없다면 그들이 이슈를 만들 거라는 뜻입니다. 그리고 그들이 이슈를 만들려면 뭘 할 것 같습니까?"

"……김수현한테 접촉을 하나?"

"바로 그겁니다. 그리고 야당은 지금 단단히 몸이 달았죠. 선거에서 다수파를 차지하고, 이어서 정권을 바꾸기 위해서라면 뭐든지 할 수 있을 겁니다. 그 자식들은 김수현 씨한테 어떤 약속도 할 수 있을걸요? 장관 자리가 뭡니까, 김수현 씨를 장관으로, 국회의원으로 만들어주겠다고 해도 저는 놀라지 않을 겁니다."

"……!"

자리에 모인 사람들이 술렁거리기 시작했다. 한 명이 다급하게 물었다.

"꼭 그렇게 되리라는 보장은 없잖나? 김수현이 야당과 친하지도 않은데?"

"그렇다고 저희와 엄청나게 친한 것도 아니잖습니까. 사람 마음이란 건 의외로 단순합니다. 저희가 제안을 거절했는데 야당은 간이며 쓸개며 다 내준다면 김수현 씨가 누구를 더 좋아하겠습니까?"

"그렇겠지. 맞는 말이야."

"우리가 유세할 때 김수현 씨와 같이 다니지는 못하더라도, 야당 의원들과 같이 다니지는 못하게 해야 하지 않겠습니까?"

"옳소!"

"그러면 그놈이 추천한 놈을 정말 장관으로 만들라고? 이놈, 뭐 하는 놈이야? 설마 마법사한테 붙어서 자기를 장관으로 해달라고 알랑거린 건 아니겠지?"

국장이 우려한 상황이 그대로 일어나고 있었다. 그러나 다행히 그를 편들어주는 사람이 있었다.

"그건 아닐 겁니다. 김수현 씨가 그런 거에 넘어갈 사람도 아니고요. 이 사람이 뭐라고 그렇게까지 해주겠습니까? 아마 카메론에 자기 사람을 확실히 심어두겠다는 것 같습니다."

"용병이면 용병답게 굴어야지. 왜 정치를 하려는지⋯⋯."

"이러다가 나중에 선거도 나오겠습니다."

불평을 무시하고 남자는 하던 말을 이었다.

"그리고 파격적인 인사는 아닙니다. 개발계획국 국장은 현장에서 잔뼈가 굵은 사람이거든요. 연줄이 강하지 않은 현장 공무원이라 그렇지, 위로 올려도 이상한 사람은 아닙니다."

"현재 장관이 불만을 가지지는 않겠습니까?"

"이분도 사실 낙하산에 가까운 분이라⋯⋯."

모두 민망한 듯 고개를 돌렸다.

"낙하산이기는 하지만 잘했잖나?"

"워낙 다른 곳에서 경력이 있으신 분이니까요. 어쨌든 이 행성관리부 장관직에 그렇게 집착을 하시지는 않습니다. 잘 말한다면 이해해 주시겠죠."

"그렇다면 결정 난 것 같군."

"내가 위에 말해보도록 하지."

"부탁드리겠습니다."

"왜 저만 따로 부르신 겁니까? 앗? 훈련입니까?! 특별 훈련?!"

"내 부하 중에서 훈련이란 말 듣고도 너처럼 좋아하는 사람이 많으면 참 좋을 텐데 말이야."

수현은 그렇게 말하며 문서연을 쳐다보았다. 문서연은 마치 주인과 놀러 나온 강아지처럼 눈빛을 빛내고 있었다. 꼬리가 달려 있었다면 정신없이 흔들리고 있을 것이다.

"훈련을 싫어하는 사람도 있습니까? 이상한 사람들입니다! 영광으로 생각해야 하지 말입니다!"

"그거 나중에 꼭 말해줘라. 그리고 훈련하기 전에, 문서연. 강해지고 싶나?"

"네? 네! 물론입니다!"

"그러면 이 비약을 복용해. 다른 사람한테는 이거 내가 줬다는 거 절대 말하지 말고."

"이거 혹시 어둠의 힘을 받아들여라~ 이런 겁니까? 수상한 약인 겁니까?"

"뭐? 아니야! 멀쩡한 비약이라고."

"그런데 왜 말하지 말라고……."

"내가 이런 걸 만들 수 있다는 게 알려지면 골치 아파지니까."

"그런데 절 믿고 말해주신 겁니까?!"

"그래, 널 믿으니까."

문서연이 수현을 껴안으려고 달려들었다. 수현은 그녀의 머리를 잡고 더 이상 못 달려들게 막았다.

"정말 감사합니다! 그런데 팀장님께서는 이런 비약을 어떻게 만드신 겁니까? 독학입니까?"

"이종족들한테서 배웠지."

"이종족들이라면 엘프? 역시 엘프입니까?! 그 루이릴이라고 불리는 엘프한테서 배우신 겁니까?"

"다크 엘프들한테서 배웠는데."

"……그런데 수상한 약이 아니라는 겁니까?"

문서연의 눈빛이 순식간에 바뀌었다. '팀장님, 혹시 속으신 거 아닙니까?' 하는 눈빛이었다.

"아, 아니야! 분명 다크 엘프들한테 받았지만 테스트도 해봤고 분석도 끝낸 물건이라고! 다크 엘프들이 쓴다고 해서 무조건 뭔가 사악한 물건이라는 생각은 하면 안 되지!"

당황스러워지자 수현도 목소리가 커졌다.

"그렇습니까? 그러면 복용하겠습니다!"

"응?"

문서연은 말릴 틈도 없이 바로 비약을 사용했다. 수상한 약 아니냐고 물어놓고는 한 치도 망설이지 않았다. 수현은 그런 그녀를 어이없다는 듯이 쳐다보았다.

'그래, 이런 녀석이었지.'

"어떠냐?"

"씁니다!"

"아니…… 맛 말고, 네 상태가 어떠냐고."

"잘 모르겠습니다?"

"네 팔이나 보고 말해라."

"……?"

문서연은 수현의 말에 시선을 돌렸다. 그녀의 팔이 마치 짐승의 팔처럼 변하고 있었다.

"몰랐습니다!"

"그래, 그렇다 이거지."

"그런데 팀장님께서는 왜 그런 자세를 취하고 계십니까?"

"네가 곧 나한테 덤벼들 거 같아서."

"무슨 말씀이십니까! 제가 팀장님을 얼마나 존경하는데 말입니다! 물론 팀장님께서 허락해 주신다면 당장에 덤벼들겠지만……."

말이 끝나기도 전에 문서연은 팔뿐만이 아니라 다른 곳도 변신을 일으켰다.

그리고 수현의 걱정은 맞아떨어졌다. 그녀는 변신하자마자 수현에게 덤벼든 것이다. 초능력 폭주였다.

−크와앙! 크와아앙!

저번보다 훨씬 더 강력한 변신이라는 건 충분히 알 수 있었다. 전체적인 힘에서부터 차이가 났으니까.

문서연이 저번에 힘 조절을 했다고 생각하지는 않았다. 문서연은 허락하면 진심으로 덤비는 사람이었다.

수현은 그런 생각을 하며 문서연을 깔아뭉갰다. 염동력으로 짓눌린 문서연한테서 짐승 울음소리가 났다.

"아, 이거 언제 풀리나……."

"팀장님, 뭐 하세요?"

"어, 별거 아니야. 신경 꺼."

−깽! 깨갱!

"왕하이에게 연락은 시도했나? 저우량위 님이 난리 치고 계신다고. 빨리 연락해."

"그게, 연락을 받지 않는데요?"

"뭐? 무슨 착오가 있었겠지."

그들은 지금 왕하이에게 연락을 시도하고 있었다.

처음에는 별다른 걱정을 하지 않았다. 버림패로 생각했던 왕하이가 덜컥 뽑힌 것은 조금 당황스러웠지만, 생각해 보니 이것도 나름 괜찮았던 것이다.

훈련시킨 요원들만큼 충성스럽게 따라주지는 않겠지만, 일단 그도 중국인이었다. 아예 아무도 뽑히지 못한 것보다는 나았다.

'잘 어르면 쓸 만한 패로 쓸 수 있을 거야.'

김수현만이 알고 있는 비밀들을 얻어낼 수 있다고 생각하니 벌써부터 기대가 됐다.

"내 번호로 다시 연락해 봐."

"그런 게 아니라, 우리라는 걸 알고 연락을 끊은 것 같습니다. 신분을 밝혔더니 바로 연락을 끊었는데……."

"그게 말이나 돼? 신청할 때는 그렇게 공손했는데. 네 착각일 거야. 내가 직접 연락해 보지."

남자는 아직 착각에 빠져 있었다. 마치 자기 애인은 결코 자기를 차지 않았다고 착각하는 사람처럼. 왕하이가 그들을 버렸다는 것을 차마 받아들이지 못한 것이다.

새로운 번호로 연락을 하자 왕하이는 연락을 받았다.

"어, 나야! 나 알고 있지? 이번에 김수현한테 신청하는 데 도와준⋯⋯."

―연락이 끊겼습니다.

"이런 XXX가?!"

몇 번을 더 하고 나서야 그들은 상황을 알아차릴 수 있었다. 왕하이는 그들의 연락을 받을 생각이 조금도 없었다.

"이 새끼 당장 조사에 들어가! 감히 우리를 이렇게 무시해? 우리를 무시하면 어떻게 되는지 알려주겠어!"

"어⋯⋯ 그게 말입니다. 이놈, 가족도 없고⋯⋯ 딱히 약점 잡을 만한 게 없어요. 기록도 깨끗하고요."

"뭐? 그런 놈을 왜 보냈어?!"

'네가 어차피 버리는 패니까 별로 상관없다고 했었잖아 XXX야⋯⋯.'

물론 상관 앞에서 그 말을 그대로 할 사람은 없었다. 남자는 말을 삼키고 억지로 웃음을 지었다.

"이런 상황이 올 줄 몰랐습니다."

"지금 그게 할 소리냐! 이런 멍청한 자식⋯⋯."

상관은 초조하게 왔다 갔다 했다. 저우량위가 난리 칠 걸 상상만 해도 머리가 아파왔다. 지금쯤 왕하이로 수현의 뒤를 캐올 걸 생각하며 기뻐하고 있을 텐데……

"이놈, 무슨 생각을 하고 있는 거지? 우리 제안을 무시할 이유가 없잖아? 이득밖에 없는데."

"김수현의 눈치를 보는 게 아닐까요? 기껏 기회를 잡았는데 김수현한테 이런 거래를 한다는 게 알려지기라도 하면 바로 쫓겨날 수 있으니까요."

"그래? 그렇단 말이지? 하긴, 그것도 그렇군. 그렇게 공손하던 놈이 이렇게 돌변할 리 없지. 그렇다면 직접 사람을 보내자고. 외국인을 고용해서 말을 전하게 하자. 그러면 제대로 듣겠지."

그러나 남자는 회의적이었다. 괜히 토를 달았다가는 상관이 난리를 칠 것 같아서 참았지만, 왕하이의 태도에서는 어딘가 적대감이 느껴졌던 것이다.

게다가 김수현의 눈치가 보인다면 거래 방법은 많았지만, 왕하이는 그냥 연락을 무시했다. 아예 그들과 대화할 생각이 조금도 없다는 것처럼.

"뭐 하냐? 애인 전화야?"

"아, 팀장님. 아닙니다."

"중국 정부에서 보낸 전화인가?"

"……!"

"그냥 농담한 건데 그렇게 놀라면 민망하잖아. 진짜 정부에서 온 전화인가 보군?"

"맞, 맞긴 합니다만. 결코 떳떳하지 않은 대화는 하지 않았습니다. 정말입니다!"

"믿어. 걱정하지 말라고. 나도 가끔은 중국인들하고 연락한다니까?"

"농담도 잘하시는군요."

"농담 아닌데……."

수현은 진담으로 한 이야기였지만 왕하이는 농담으로 받아들인 모양이었다.

"그런데 여기는 무슨 일로 오신 겁니까?"

"아, 다들 곧 말해주겠지만, 너한테는 미리 말해주려고 했지. 우리는 중국으로 간다."

"예?"

"중국 정부에게서 부탁을 받았거든."

거래는 성립되었다. 수현은 보하이해에 나타난 광산 안에 있는 몬스터를 소탕해 주고 국장을 차기 장관으로 밀 수 있는 권한을 받는다. 중국은 보하이해의 위협을 제거하는 대신 그 광산의 지분을 수현과 정부에게 넘긴다.

아무도 모르는 사이에 어마어마한 거래가 진행되었지만, 그 결과는 조용했다.

"저기, 이렇게 된 이상 이번 선거에서 우리 당 의원 몇 명의 유세를 도와주시면……."

"그건 알아서 하시죠."

쓸데없는 사족이 붙었지만 그런 건 별로 신경 쓰지 않았다.

지금 수현은 그 준비 중이었다. 대원들한테 미리 말하고 마음의 준비를 시키는 건 준비 축에도 들지 않았다.

"왜 그런 위험한 짓을 자청한 거야?"

"챙길 수 있는 건 챙기고 가야지. 내 명성만 믿고 살다가는 크게 뒤통수를 맞을 수 있어. 필요할 때 쓸 수 있는 권력도 중요하다고."

"국회의원 선거라도 나갈 것 같네. 일단 이 정도면 될까?"

"훌륭해."

최지은의 연구실 지하에는 몇 명만 알고 있는 비밀이 있었다. 바로 개조된 시체 전투원이었다. 주원준의 초능력을 아티팩트로 만들어서 움직이고 있는 병력.

'시체'라고 말하기에는 이 전투원들은 지나치게 강력하고 비쌌다. 육체 개조 기술을 쓴 것은 물론이고 알타라늄을 통째로 녹여서 코팅한 놈도 있는 것이다.

"광산 안에 어떤 놈이 있는지는 모르겠어. 그렇지만 일단...... 재생력이 강하거나, 부하를 늘리는 능력이 있다고 봐야 쉽겠지. 아마 후자일 거야. 빠져나온 팀이 없으니까."

특정 지역에서 벗어나지 않고 계속 머무르는 종류의 몬스터는 몇 가지 특징이 있었다. 수현은 이 광산 안에 있는 몬스터도 아마 그런 종류라고 추측했다.

옐브르프스키 산맥의 몬스터들처럼, 광산 안의 몬스터들도 밖으로 나오지 못하는 이유가 있을 것이다.

거기에 도전한 팀들은 생존자 없이 전멸했다. 팀을 보낼 때마다 그 안에 있는 몬스터에게 대미지를 입혔을 텐데도 전원이 그렇게 됐다는 건…….

몬스터가 그만큼 강력하고, 부상을 입히는 게 의미가 없었다는 뜻이었다.

"아마 뒤의 팀들은 정보 수집을 우선시해서 들어갔을 텐데, 그래도 나오지 못한 걸 보면 뭔가 발을 묶는 능력이 있는 게 분명해."

이 시체 군단은 훌륭한 총알받이가 되어줄 것이다. 특수한 능력을 가진 몬스터 상대로는 파워 아머보다 더 강력한 위력을 보여줄 테니까.

"이거 중국인들 앞에서는 보여주지 마."

"물론이지."

수현은 별생각 없이 왕하이에게 말했지만, 생각보다 그의 반응이 이상했다. 그는 매우 불쾌한 표정이었다.

"왜 그러지? 중국을 도와주는 일이잖아."

"저는 별로…… 돕고 싶지 않았습니다만."

"그래? 근데 어쩌겠냐. 내 밑으로 들어왔는데."

왕하이는 피식 웃었다. 그는 고개를 끄덕였다.

"최선을 다하겠습니다."

"이번 공략은 생각보다 어려울 수도 있다. 처음 시도로 공략한다는 생각은 하지 않고 있으니, 무슨 일이 생길 경우 바로 후퇴할 준비를 하고 있도록. 내가 없을 때는 이소희 대원의 지휘를 따라라. 가장 우선적으로 소피아를 지키고."

붉은 머리카락에 침착해 보이는 여성이 고개를 꾸벅 숙였다. 그녀는 가장 마지막으로 뽑힌 사람이었다. 찰스 회장이 자기 체면 좀 살려달라고 징징거려서 뽑은 A급 초능력자.

A급 초능력자를 저런 식으로 취급하는 것도 웃기긴 했다. 게다가 소피아는 치유 능력자였다. 어디로 가든 상당한 대우를 받을 수 있었던 것이다.

"안에 뭐가 있는지는 짐작이 가?"

"아니, 전혀."

"정보 공유를 일부러 안 하는 건 아니겠지?"

"그건 아냐. 중국이 지금 그런 수를 쓸 정도로 여유로운 것도 아니고."

수현은 거래를 받아들이고 관련 정보를 받았을 때, 무릎을 쳤다. 이건 중국에게서 더 뜯어먹을 수 있는 상황이었다.

중국은 그냥 '이 광산을 현재 상태로는 써먹을 수 없으니 지분을 나눠서라도 몬스터를 소탕하자'라는 생각으로 수현을 부른 게 아니었다. 이대로 내버려 두면 정말 위험해질 수 있었기 때문에 피눈물을 흘리며 광산의 지분으로 수현을 유혹한 것이다. 그 지분이 그렇게 값싼 게 아니었다.

보하이해의 광산 주변으로는 해저 터널이 있었다. 다롄과 옌타이를 잇는 해저 터널.

아직은 괜찮았지만 지금 그 주변의 물고기들이 미쳐 날뛰기 시작한다는 보고가 있었다. 분명 광산 안의 몬스터가 영향을 끼친 것이다.

이대로 가다가는 막대한 비용을 들인 해저 터널이 통행금지가 될지 몰랐다. 지금도 눈치 빠른 사람들 사이에서는 저 터널을 쓰지 말자는 소문이 돌고 있었다. 차원문 소란은 지구의 일반인에게도 많은 영향을 끼친 것이다.

"누구보다도 광산을 정상화하고 싶은 건 그들인데 그런 수를 쓰지는 않겠지. 아마 전멸한 게 사실 같아."

루이릴과의 대화에 샤이나가 끼어들었다.

"드론 같은 건? 인간들이 자주 날리는 그거."

"당연히 시도해 봤지. 참고로 파워 아머도 안에 몇 대 들어갔다고 하더라고. 광산 안인데도 그랬다는 건 온갖 방법을 다 써본 거지. 근데도 정보가 없다는 건……."

수현은 어깨를 으쓱거렸다.

"뭔가 특별한 게 있는 거겠지."

광산 앞에는 군복을 입은 군인들이 우글거렸다. 그들의 얼굴에는 가벼운 피곤함과 공포가 엿보였다. 광산 안에 들어간 이들이 어떻게 됐는지 알고 있으니 당연한 결과였다.

원래 이렇게 군인들이 우글거리면 아무리 간 큰 용병이라도 기가 죽게 마련이었지만, 수현은 조금도 그러지 않았다. 애초에 저런 군복을 입은 놈들을 사냥하는 게 전문이었으니까.

　"잘 와주셨습니다, 김수현 씨. 저는 리즈오신입니다."

　중국군의 상교, 대령에 해당하는 사람이 직접 나와서 공손한 태도를 보이는 걸 보니 이들이 얼마만큼 이 광산을 해결하고 싶어 하는지 알 수 있었다.

　"정보는 드렸다고 알고 있지만 추가로 궁금하신 게 있으시다면 직접 설명해 드리겠습니다."

　"추가로 더 알고 있는 게 있습니까?"

　"그건 아니지만……."

　"그러면 됐습니다. 잠깐 쉬고 공략을 시도해 보죠."

　"알겠습니다. 이봐! 이분들에게 숙소를 안내해 드려."

　군인이 돌아가자 왕하이는 옆으로 침을 뱉었다. 수현은 별말 하지 않았다. 어차피 그의 땅도 아니었으니까.

　숙소 시설은 화려했다. 이런 광산 섬에 지어졌다고는 믿기지 않을 정도로. 김창식이 어리둥절한 목소리로 물었다.

　"이 시설 뭡니까? 왜 이런 시설을 지었죠?"

　"우리 전에 왔던 초능력자들 숙소겠지."

　"……!"

군인들이야 그냥 막사를 쓰더라도 몸값이 비싼 초능력자들을 아무렇게나 대우할 수는 없었다. 중국군에서도 나름 대접에 신경을 기울인 것이다. 물론 그들은 지금 전부 죽었지만……

김창식은 오싹하다는 표정으로 주변을 둘러보았다.

"왜 그러십니까? 속이라도 안 좋으십니까?"

문서연은 김창식에게 물어보며 아무렇지도 않은 표정으로 준비된 음식을 날름 집어 먹었다. 중국 쪽에서 마련한 시설이기에 조금 꺼림칙할 법도 했는데 전혀 그런 걱정이 보이지 않았다.

"……넌 걱정도 안 되냐?"

"지금 걱정해 봤자 별 의미 없잖습니까?"

김창식은 기가 막힌다는 듯이 고개를 저었다. 처음 봤을 때 문서연에게 놀란 것은 사실이었다. 그다음, 문서연의 신분을 듣고 더욱더 놀랐다.

저게 그 문서연이라니.

그도 한국군 출신이었다. 한국군에서 유명한 인재는 알음알음 소문이 들렸다.

문서연은 그중에서도 유명한 초능력자였다. 참가한 대부분의 작전을 성공시키고 몬스터를 상대할 때 패배한 적이 없는 괴물 같은 초능력자.

그걸 듣고서 참 대단하다고 생각했었다.

그런데 실제로 만나보니 약간 나사 빠진 느낌이 강했다.

수현만 졸졸 쫓아다니는 대형견 같은 느낌?

'그리고 보니 저 양반은 문서연 정도 되는 사람을 어떻게 군에서 빼 온 거야?'

김창식도 아직 수현이 한국에서 어느 정도의 위치인지 정확히 느끼지 못하고 있었다.

문서연은 늦게 들어왔다고 나름 팀원들에게 존대를 해주고 있었지만, 김창식은 그게 더 불편했다. 워낙 문서연에 대한 화려한 소문을 많이 들었던 것이다. 저 정도 되는 초능력자가 선배라고 존대를 해주다니⋯⋯.

'으, 속이 더 쓰리네.'

요즘 따라 속이 쓰린 일이 많아지는 것 같았다.

우걱우걱 음식을 먹던 문서연은 입가를 닦더니 말했다.

"선배님, 언제 시간 괜찮으시면 저와 함께 훈련하시지 않겠습니까?"

"뭐? 훈련?"

김창식은 그의 옆을 지나가는 수현에게 시선을 돌렸다. 그리고 재빨리 수현을 붙잡고 물었다.

"저게 뭔 소리래요?"

"아, 저거? 너랑 싸우고 싶다는 소리야."

"네?"

"쟤가 원래 강한 사람만 보면 싸우고 싶어 해. 이해 좀 해 줘라."

"아니, 아니, 아니, 잠시만요!"

수현이 아무렇지도 않게 말하고 지나가려고 하자 김창식은 급하게 그의 팔을 잡았다.

"뭘 이해해 주란 겁니까! 제가 쟤랑 붙으면 일 초 안에 쓰러질 텐데!"

"에이, 일 초는…… 삼 초는 버티지 않을까?"

"……."

"알겠어. 농담은 그만하고."

"어떻게 해야 합니까?"

"어떻게 해야 하냐고? 그냥 한 번 져 주면 다음부터는 안 덤빌 거야. 자기보다 약한 사람한테는 별로 흥미를 안 보이거든."

선배의 위엄이냐, 목숨이냐.

김창식은 갑자기 고민이 되는 것을 느꼈다.

그리고 고민은 길지 않았다.

"항복!"

"?!"

"다들 나가서 섬 구경하는데, 안 나가나?"

"꼭 해야 합니까? 그렇다면······."

"아니, 강요는 아니야. 그냥 물어본 거였어."

수현의 질문에 자리에서 일어나려던 왕하이는 다시 자리에 앉았다. 그는 숙소 바깥으로 별로 나가지 않았다.

"귀찮은 질문을 받을 것 같아서 안 나가는 건가?"

"그런 면이 조금 있기는 합니다."

다른 사람들과 달리 그는 중국인이었다. 돌아다니다 보면 여기에 있는 중국인들이 접촉하기 쉬웠다.

"군인들만 와 있는 게 아니라 다양하게 와 있으니 귀찮기는 하겠지. 나도 조금 신경이 쓰일 정도니까."

처음에는 군인들만 나와 있었지만, 얼마 지나지 않아서 알수 있었다. 이 섬에 모여 있는 사람들의 정체를.

'연구자들이 얼마나 와 있는 건지 모르겠군.'

군인도 아니고, 초능력자도 아닌 사람들은 언제나 알아보기 쉬웠다. 수현을 호기심 섞인 눈으로 쳐다보는 사람들.

카메론을 연구하는 과학자는 많았고, 차원문 소란 이후 그 필요성은 더욱 커졌다.

이들은 이번에 나타난 광산을 분석하고 수현과 그의 팀이 어떤 식으로 처리를 하는지 최대한 알아내기 위해 모인 사람들이었다. 수현이 '아, 네. 제가 퇴치하는 걸 자료로 남겨드릴 테니 여러분이 보시고 교육 자료로 활용하시죠!'라고 친절하게 말해줄 리는 없었으니까.

다들 조심스럽게 수현을 관찰하고 있었다. 수현이 눈치를 채면 항의를 하거나, 최악의 경우 거래를 취소할 수도 있었기에 눈치만 보고 있었지만⋯⋯.

그런 상황에서 왕하이는 좋은 접촉 대상이었다. 언제나 같은 나라 출신이라는 건 좋은 핑계가 되는 것이다.

"날 너무 신경 쓰는 건 아닌지 모르겠어. 뽑은 이상 어느 정도는 신뢰하고 있으니까 자유롭게 행동해도 좋다고."

"저를 떠보시는 겁니까?"

"거참, 아니라니까. 사람 진심을 오해하지 마."

"됐습니다. 저들과는 별로 대화를 하고 싶지 않군요."

밖에서는 몇 명이 기웃거리며 돌아다니고 있었다. 수현이 광산 공략을 위해 갖고 온 물건들이 뭔지 궁금해하는 기색이 역력했다.

"저거 좀 밖으로 쫓아내라."

"네!"

"안이 만만하지 않을 겁니다. 저희 측에서 최대한 지원을 해드리겠습니다. 하다못해 물자를 옮기는 것만이라도……만약의 상황이 생기면 저희 인원은 챙기지 않으셔도 좋습니다."

"총알받이로 써도 됩니까?"

"……어쩔 수 없다면 그러셔도 됩니다."

"오, 통이 크시네요."

리즈오신의 얼굴이 꿈틀거렸다. 최대한 인내심을 발휘하고 있는 게 얼굴에서 보였다.

중국 쪽은 어떻게든 광산 공략에 참여하려고 하고 있었다. 이대로 수현 혼자 들어가서 팀과 함께 문제를 해결해 버리는 건 차선책이었다.

최선책은 수현이 어떤 식으로 능력을 발휘하고 공략하는지 배우는 것이었다.

문제도 해결하고, 정보도 얻고.

그러기 위해서는 같이 들어가야 했다. 어떤 핑계를 대서라도.

사실 오지 공략에서는 이런 식의 지원이 정석적이기는 했다. 기술 발전으로 많은 부분이 자동화되었지만, 싸울 줄 아는 사람들은 어떤 상황에서든 써먹기 좋았다.

꼭 군대뿐만이 아니라, 대형 용병 회사 중에서는 이런 식으로 전투원들을 데리고 다니는 경우도 많았다. 초능력자들의 체력을 아낄 수 있고, 무슨 상황에 처했을 때 선택지의 폭이 넓어졌으니까.

초능력자 대신 죽는 것도 그 선택지에 있었다. 아무도 입밖으로 꺼내지는 않지만 다들 알고 있는 사실이었다.

리즈오신은 최정예 부하들을 보내 물자 운반부터 시작해 온갖 고된 일들을 대신 해주겠다고 제안했다. 총알받이까지 가능한, 평소라면 절대로 하지 않았을 제안이었다.

'대단하군, 정말.'

수현이 중국을 상대할 때 가장 위압감을 느끼는 게 이런 스케일이었다. 원하는 걸 얻기 위해서라면 사람 목숨 몇 개 정도는 그냥 써버린다.

"근데 됐습니다. 알아서 할 수 있거든요."

"……!"

"저희가 원래 사람 많이 데리고 다니는 스타일도 아니고…… 많이 있으면 불편합니다."

"저희 쪽 인원은 챙겨주실 필요도 없고, 그냥 이용만 하셔도……."

"네, 네. 근데 그래도 불편하다고요. 죄송합니다. 마음만

받죠."

리즈오신은 입술을 깨물고 고개를 끄덕였다. 수현은 웃으면서 그의 어깨를 두드렸다.

"그래도 데리고 오는 게 낫지 않았을까?"

"아니, 실패한 걸 보면 문제는 숫자가 아니야. 숫자로 해결되는 거였다면 최소한 몇 놈 정도는 살아서 나왔겠지."

수현은 그렇게 대답하며 걸음을 옮겼다. 광산의 좁은 통로는 사람의 마음을 불안하게 하는 효과가 있었다. 모두들 긴장한 얼굴이었다. 카메론의 온갖 장소를 겪어봤지만, 지금 온 광산은 손가락에 꼽을 정도로 위험한 곳이었다.

"흐음……."

수현은 발걸음을 멈췄다. 다른 사람에게는 보이지 않았지만, 수현에게는 저 멀리 벽에서부터 스멀거리는 기운이 느껴졌다.

이런 곳에서 초능력자의 기운 비슷한 게 느껴지는 건 하나밖에 없었다.

몬스터.

"좋아. 여기서부터 켜고 간다."

"뭘 말입니까?"

수현은 대답 대신 운반 로봇을 정지시키고 안에 보관된 것들을 꺼내 열었다.

"이, 이게 뭐야?"

"총알받이지. 훨씬 더 성능이 좋은."

최지은에게 빌려온 아티팩트를 작동시키며 수현은 시체들에게 명령을 내렸다. 동시에 드론도 앞으로 보냈다.

그들은 대충 6시간 정도 걸어 들어온 상황. 이 정도면 무슨 일이 일어나도 놀랍지 않았다.

"드론이 끊겼습니다!"

"……?"

수현은 바로 시체의 시야를 열었다. 드론이 공격받았다면 조종하고 있는 시체가 가만히 있을 리 없었다.

드론은 그냥 실이 끊긴 것처럼 바닥에 떨어져 있었다.

"……!"

카메론의 던전 주제에 EMP라도 쓰는 건가? 전자 장치를 그냥 파괴해 버리다니.

수현은 헛웃음을 터뜨리며 시체들을 전진시켰다.

'이래서 기록이 하나도 안 남은 거였나.'

드론이야 파괴가 가능했겠지만 시체 군단도 그렇게 할 수는 없을 것이다.

타타타탕!

"?!"

총소리라니.

수현은 순간 그가 잘못 들은 줄 알았다. 그러나 아니었다. 시체 군단을 공격한 건 총알이었다.

총소리를 들은 팀원들이 급히 몸을 숙였다. 그리고 동시에 방어 아티팩트를 준비했다. 수현은 손을 뻗어서 괜찮다고 그들을 진정시켰다.

"뭡니까?!"

"이런 미친…… 이런 거였군."

저 멀리서 나타난 건 군복을 입은 군인들이었다. 물론 중국군이 미쳐서 이 광산 안에 함정을 파고 기다리고 있었던 건 아니었다. 그들의 얼굴은 창백했고, 몸 곳곳에서 썩은 곳이 보였다. 죽었다가 살아난 것이다.

기막힌 우연이었다. 강령술 아티팩트를 들고 왔는데, 안에 있는 몬스터도 강령술 능력을 갖고 있다니.

─부숴 버려!

그렇지만 수현이 갖고 온 시체들은 보통 시체가 아니었다. 어지간한 초능력자들의 공격은 먹히지도 않을, 온갖 돈지랄의 결정체인 최첨단 시체였던 것이다.

그냥 군인들을 죽이고 되살린 것과는 차원이 달랐다.

쾅! 콰콰쾅!

거대한 덩치들이 총탄을 무시하고 달려들었다. 좀비들은 순식간에 찢겨 나갔다.

그러는 동안 수현은 생각에 잠겼다. 어차피 원견에 오러를 볼 수 있는 능력까지 생긴 이후로 상대의 기습은 걱정하지 않아도 됐다.

'강령술 능력에, EMP 비슷한 능력도 갖고 있고…… 뭐지? 이런 몬스터는 본 적이 없는데.'

물론 수현이 모르는 몬스터일 수도 있었다. 카메론은 넓었고 수현이 아직 가 보지 못한 곳은 많았으니까. 그러나 이렇게 다재다능한 몬스터는 정말 드물었다.

'몬스터가 여럿인가? 한 놈이 여러 가지를 갖고 있을 것 같지는 않은데…….'

생각을 하던 수현은 날카로운 목소리로 외쳤다.

"왼쪽 벽이다! 아티팩트 작동시켜!"

왼쪽 벽에서 기운을 느낀 것이다. 수현의 말에 대원들은 바로 아티팩트를 작동시켰다.

광산의 벽과 같은 색을 가진, 네발 달린 짐승이 튀어나와 대원들에게 덤벼들었다. 마치 거대한 카멜레온 같았다.

콰직!

그리고 일격에 찢겨 나갔다. 수현은 냉정한 표정으로 손을 뻗었다. 새로 들어온 대원들은 모두 놀라지 않으려고 애써야 했다. 수현의 초능력을 직접 본 건 이번이 처음이었던 것이다. 문서연만 눈빛을 반짝거리며 쳐다볼 뿐이었다.

"천장, 바닥…… 아니다. 그냥 내가 처리한다."

천장과 바닥, 양옆. 동시다발적으로 기운이 일렁거렸다. 몇 놈이 몰려오는 건지 알 수 없었다.

수현은 그냥 염동력으로 거대한 공을 만들었다. 팀원을 감싸는 공을. 공 외벽에는 날카로운 가시 형태를 추가시켰다.

파파파팍!

그러자 몬스터들은 허공에서 관통당해 멈춰 버렸다. 순식간에 들이박고 죽어버리는 압도적인 장면이 연출되었다.

'전멸할 만하군.'

보아하니 이 몬스터들은 지능도 높은 것 같았다. 아니면 다른 몬스터의 명령을 받고 있거나.

통신을 끊고, 다시 살아난 언데드들로 선공을 가한 다음, 이런 식의 위장이 가능한 몬스터로 기습까지 한다면 대부분은 무너지게 마련이었다. 공격이 따로 놀지 않고 잘 연결되어 있었다.

'곤란한데……. 꽤나 지능이 높은 것 같아.'

수현은 일이 귀찮아질 것 같다는 걸 느꼈다. 카메론이면 몬스터가 도망쳐도 그렇게 곤란하지 않았지만, 여기는 지구였다. 이 정도 몬스터가 도망치면 대참사가 일어났다.

아직까지야 바깥으로 나가지 않았다지만, 생명의 위협을 느끼면 몬스터도 돌발적인 행동을 하게 마련이었다.

"일, 일어나도 돼?"

허공에 매달린 몬스터들의 시체에서 나온 피가 투명한 벽 위로 흘러내리는 걸 보며 루이릴이 질린 목소리로 물었다.

깊은 어둠 속에 앉아 있던 남자가 일어났다. 그의 키는 보통 인간의 절반 정도밖에 되지 않았다. 드워프였다.

"어떻게 된 거지? 전부 다 죽어버리다니……."

빛 한 점 들어오지 않는 광산이었지만 완전히 어둡지는 않았다. 자연 발광하는 암석들이 있는 것이다.

그 탓에 드워프의 얼굴이 드러났다.

살점 하나 없는, 해골로 된 얼굴이었다.

64장
광산의 괴물(2)

좁은 통로로 이루어진 광산 밑에 이렇게 넓은 공간이 있을 거라고는 아무도 생각하지 못했을 것이다.

드워프가 걸을 때마다 바닥에 누워 있던 시체들이 일어났다.

"조금 더 완벽하게 만들려고 했는데…… 아무래도 이번에는 꽤나 강한 놈이 들어온 것 같군."

자리에 모인 시체의 숫자는 간단히 세어도 백을 넘었다. 게다가 이들은 총을 들고 있지 않았다.

그렇다. 군인이 아닌, 초능력자들이었다.

초능력자의 시체로만 백이 넘다니, 중국에서 얼마나 많은 인원을 보냈는지 알 수 있었다.

드워프는 자리에서 일어난 언데드들을 보며 흡족한 얼굴로 고개를 끄덕였다. 그는 자신이 질 거라고는 조금도 생각하지 않았다. 강한 상대가 들어왔다면 더 강한 시체를 얻을 수 있어서 기쁠 뿐이었다.

뼈만 남은 손을 들자 벽에 있던 에멜늄 광석들이 허공으로 떠올랐다. 염동력이었다. 수현의 염동력보다는 훨씬 약했지만 염동 능력 자체가 희귀한 능력이었다.

"흠!"

드워프는 몸을 부들부들 떨며 힘을 집중했다. 허공에 뜬 에멜늄 광석이 초능력을 받고 녹기 시작했다. 이윽고 액체로 변한 에멜늄이 시체들 안으로 들어갔다.

시체 중 하나가 손에서 번개 화살을 쏘아 보냈다. 그걸 본 드워프는 박수를 쳤다.

"좋다. 손님을 맞이할 준비를 해라."

찰스 회장 밑에서 일하고 있는 연구자들이 이 장면을 봤다면 기절해서 뒤로 넘어졌을 것이다. 지금 드워프 마법사가 보여준 건 그들이 추구하고 있는 목표 그 자체였다.

-초능력자가 없어도 사용 가능한 아티팩트!

이러기 위해서 가장 먼저 필요한 건 초능력의 에너지. 어떤 사람들은 마력이라고 표현하는 그 에너지였다. 초능력자는 자체적으로 그 에너지를 뿜어내지만 그걸 인공적으로 모으는 건 보통 일이 아니었다.

몬스터의 사체나, 광석, 특정 물질에서 마력을 미약하게 추출할 수 있었지만 효율이 엄청나게 나빴다. 효율이 좋은 물질을 찾았다면 이 무인(無人) 아티팩트 프로젝트는 빠르게 진행되었을 것이다.

그리고 이 드워프 마법사는 에멜늄의 새로운 가치를 보여주고 있었다.

원래라면 언데드는 초능력을 쓸 수 없었다.

부리는 사람이 직접 마력을 공급해 주거나 해야 하는 것이다.

그러나 이들은 드워프 마법사가 아무런 공급도 하지 않았는데도 초능력을 사용했다. 액체가 된 에멜늄 덕분이었다.

지구에서 에멜늄은 엄청난 고효율의 에너지원으로 통했다. 그러나 아무도 액체가 된 에멜늄의 효능은 몰랐다. 에멜늄은 통상적인 방법으로는 녹지 않았으니까.

드워프 마법사 정도의 초능력자가 힘을 쓰면 억지로 녹일 수 있었지만, 아무도 그런 방식은 시험해 보지 않았다. 이미 에멜늄 자체만으로도 충분히 가치가 있었던 것이다.

게다가 구하기 힘들다는 문제도 있었다. 중국 앞바다에

나오기 전까지 에멜늄은 제대로 된 채굴지가 발견된 적도 없었다.

녹은 에멜늄을 공급받은 언데드들은 전신에서 초능력자만이 풍길 수 있는 기운을 뿜어내며 앞으로 걸어갔다.

만약 드워프 마법사가 수현이 어떤 식으로 싸웠는지 봤다면 결코 이런 방법은 쓰지 않았을 것이다.

불행하게도 그는 시체를 직접 조종하는 방식을 쓰지 않았다. 인공지능처럼 명령을 내리면 그 이후는 알아서 움직이게 하는 방식을 썼던 것이다.

그게 더 품위 있다고 생각해서 애써서 만들었고, 실제로 효율적이기도 했다. 급할 때 일일이 조종할 수는 없었으니까.

그러나 대신 시체가 어떻게 당했는지는 알 수 없었다. 수현이 알타라늄으로 코팅시킨 언데드 군단을 이끌고 내려오고 있다는 걸, 그는 상상도 하지 못했다. 아무리 대단해 봤자 그는 결국 카메론의 사람이었던 것이다.

어쩌다가 차원문 소란으로 넘어왔기에, 그는 그가 누구를 상대하고 있는지 전혀 몰랐다.

숫자로는 수현을 상대할 수 없었다. 광산에 있던 몬스터들이나, 드워프 마법사가 일으킨 언데드 군인은 수현과 휘하 초능력자들에게 찢겨 나갈 뿐이었다.

마치 타임어택이라도 하듯이 엉클 조 컴퍼니는 빠르게 아래로 뚫고 내려갔다.

"뭔가 이상한데."

"예?"

"넓은 공간이 있어."

"……?"

대원들은 서로의 얼굴을 쳐다보았다.

"광산인데 그런 곳도 있을 수 있는 거 아닙니까? 자연적으로 형성된……."

"아니, 아무리 봐도 사람의 손이 닿은 곳이다."

수현은 눈을 뜨고 일렁이는 기운에 집중했다. 넓은 공간에는 지독할 정도로 강렬한 기운이 느껴졌다. 이런 식의 에너지는 처음이었다.

"……!"

수현은 오랜만에 경악했다. 그가 초능력을 시각적으로 보게 된 건 얼마 되지 않았지만, 이런 식의 에너지를 뿜는 몬스터가 많을 것 같지는 않았다.

'대체 상대가……?'

사실은 녹은 에멜늄이 언데드에게 들어간 것 때문이었지

만 멀리서는 그걸 구분할 수가 없었다.

콰콰콰콰쾅!

광산의 벽이 무너져 내렸다. 수현은 눈썹을 찌푸리며 염동력으로 대원들을 보호했다.

벽이 무너져 내리자 그 앞에는 수많은 시체가 서 있었다.

"이게 뭔……?"

"잘 왔다, 이방인들."

음산하고 기계 같은 딱딱한 목소리가 들려왔다. 마치 억지로 쥐어짜 낸 목소리 같았다. 일행들은 곧 그 정체를 확인할 수 있었다.

"드워프?"

"드워프였지."

"지금은 아니라는 건가?"

수현은 상대의 말에서 위화감을 느꼈다. 드워프는 대답 대신 해골을 달깍거리며 웃었다.

"호기심이 많은 것 같은데…… 알게 해주지. 죽은 다음에 말이야."

언데드들이 그들을 빙 둘러쌌다. 이미 승기를 잡았다고 생각했는지 드워프의 모습에서는 여유가 느껴졌다.

"이길 자신은 있고?"

"이방인, 네가 몇 년을 살았는지는 모르겠지만…… 네 조상의 조상 때부터 나는 살아 있었다. 너같이 큰소리를 치는 놈이 처음일 거라는 생각은 하지 말아줬으면 좋겠군."

"이쪽도 마찬가지야."

드워프는 마치 기어오르는 어린애를 보는 듯한 시선으로 고개를 저었다. 그는 한 손을 들며 물었다.

"너 같은 종족만 계속 들어오는데, 여기는 너 같은 종족들만 사는 건가?"

"호기심 많은 건 그쪽도 마찬가지인 것 같은데."

살기 넘치는 상황에서 태연자약하게 대화를 나누는 두 사람을 보고 다른 사람들은 어처구니가 없다는 표정이었다.

지금 대화를 나눌 상황인가?

"좋아, 이방인. 죽여서 기억을 빼도 괜찮겠지만 직접 듣는 게 정확하겠지. 내 호기심을 풀어준다면 질문을 허락하마. 덤으로 고통 없는 죽음까지."

"여기는 다른 행성이다. 이 지역 통째로 전이됐지."

"그런 건가."

드워프는 별로 놀란 것 같지 않았다.

"안 놀랍나?"

"어딘가로 전이되고 있다고는 생각했지. 다른 세상인가. 여기는 너 같은 종족만 있는 건가?"

"그런 셈이지?"

"너 정도면 어느 정도의 강자지?"

"나 정도 되는 놈은 수두룩하지."

"거짓말을 하고 있군."

"사람을 너무 못 믿는 거 아니야?"

"너 정도 되는 놈이 수두룩할 리 없지. 나는 이놈들의 수준을 이미 봤다. 거짓말할 생각은 하지 말도록."

"그놈들은 좀 특별히 약한 놈들이야. 이 광산이 별거 없어 보이는 데다가 명령을 내린 놈들이 멍청해서 들어오게 된 거지."

"내가 죽은 놈들한테서 기억을 뺄 수 있다는 걸 모르는군. 이방인, 이놈들은 너희들의 사회에서 결코 약한 놈들이 아니었다."

"뭘 뽑았는지는 모르겠지만 약한 놈들 맞아."

수현의 태도가 흔들리지 않자 드워프는 살짝 고민하기 시작했다. 시체에게서 기억을 뽑는 기술은 상당히 어렵고 정확하지 못한 부분이 많았다.

정말 이 바깥에는 저놈보다 뛰어난 놈들이 수두룩한 것일까?

"그러면 내가 물을 차례인가? 넌 뭐 하는 놈이지? 그 모습은 뭐고?"

"어설픈 육체를 벗어버린 거지."

"좀 많이 벗은 것 같은데."

김창식이 뒤에서 중얼거렸다.

"육체를 벗어버렸다고?"

"이방인, 너희 같은 놈들은 모르겠지만……."

드워프는 깔보는 말투로 말했다.

"경지에 오른 마법사는 육체를 초월하는 존재가 된다. 이렇게 말이야."

"……."

드워프는 뭔가 극적인 반응을 기대한 것 같았다. 그러나 수현의 표정은 변화가 없었다.

"안 놀라운가?"

"뭐…… 마법사가 드래곤이 된다는 소리도 들었는데 해골 정도야 이제 놀랍지도 않군."

"감히 네놈 따위가 나를 능멸해? 난 드래곤이 되지 않은 거다. 되지 못한 게 아니라!"

"……?"

수현은 이해가 가지 않는다는 듯이 드워프를 쳐다보았다.

잘 대화하다가 갑자기 왜 이래?

"죽여 버려라!"

"뭐, 뭐야?!"

방심하고 있던 김창식은 갑작스러운 말에 당황해서 앞으

로 움직였다. 그리고 화염을 내뿜었다. 어두침침한 공간에 장엄한 화염이 내달렸다.

"드래곤 브레스?!"

드워프도 이 공격에는 당황한 것 같았다. 그는 발을 굴러 암석으로 된 벽을 만들고, 초능력자 언데드들을 동시에 움직여 방어막을 만들었다.

"어떻게 너희 같은 놈들이 이런 공격을…… 음?"

그가 속았다는 걸 알게 되기까지는 별로 걸리지 않았다. 만약 살점이 붙어 있었다면 붉게 달아올랐을 것이다.

"감히!"

"언데드가 어떻게 초능력을 쓰는 거지?"

"이방인, 네가 죽으면 친절하게 말해주마!"

"그래, 나도 슬슬 이 대화가 지겨워지던 참이었어."

수현은 손가락을 튕겼다. 김창식이 시간을 벌어준 덕분에 일이 더 쉬워졌다. 번쩍거리는 코팅이 된 언데드 군단이 튀어나왔다. 양팔에 장착된 중기관총이 유난히 돋보였다.

"인간의 초능력을 보여주지."

초능력자 언데드가 덤벼들었다. 백 가까이 되는 초능력자가 동시에 초능력을 쓰는 건 장관이었다. 어두웠던 공간이 환하게 밝아지며 온갖 화려한 현상이 일어났다.

그러나 알타라늄 코팅이 된 언데드 군단들은 견뎌냈다. 그들은 아랑곳하지 않고 묵직한 총탄을 퍼부었다. 폭발음과 함께 화염이 터져 나갔다.

"방어를 해라, 이 머저리들아!"

"시체와 대화를 하면 쓰나."

아티팩트 권총으로 초능력자 언데드들의 방어를 무력화시키며 수현은 드워프를 비웃었다. 그 비웃음이 드워프의 성질을 긁은 것 같았다. 그는 해골로 된 손을 뻗어 수현을 가리켰다.

"흡!"

강인규가 나서서 맞받아쳤다. 저주를 다루는 그였기에 상대가 어떤 짓을 하는지 예민하게 느낄 수 있었다.

야심 차게 걸었던 저주가 닿지도 못하고 튕겨 나가자 드워프의 분노는 더욱 심해졌다.

암석이 솟구치고 염동력이 손 형태로 수현의 목을 조르려 들었다.

으지직!

솟구치던 암석은 그대로 돌아가고 염동력은 동시에 풀어져서 드워프의 전신을 속박했다.

그제야 드워프는 깨달았다. 눈앞에 있는 놈은 그보다 급이 높은 마법사라는 것을!

"마법사 같아서 긴장 좀 했는데, 생각보다 별거 아니었군."

마법사끼리의 대결은 시시할 정도로 허무했다. 차라리 언데드들끼리의 격돌이 더 화려했다.

그러나 그 내부 사정은 결코 시시한 게 아니었다. 드워프는 계속해서 수현의 속박을 풀고 반격하려고 애썼다. 오래산 마법사이다 보니 그 힘이 상상을 초월했다.

"안 죽이십니까?!"

"음, 궁금한 게 있어서 좀 물어보고 싶은데……."

"너무 여유 부리는 거 아니야?!"

상황이 우세하기는 했지만, 이만한 초능력자 언데드들을 부리는 상대의 능력에 모두들 경악한 상태였다. 제압만 하고 아쉽다는 듯이 입맛을 다시는 수현의 모습이 놀라울 뿐이었다.

"해골이라 힘 조절을 어디까지 해야 할지 모르겠군."

다른 이들과 달리, 수현은 이 상황이 뒤집히지 않을 것이라고 생각했다. 그의 눈에서 벗어난 비장의 수는 나올 수가 없었다.

다들 정신이 없어서 눈치채지 못한 것 같았지만, 여기 언데드들은 초능력을 사용했다. 그것도 자체적으로. 대체 어떤 식으로 한 건지 알 수가 없었다.

게다가 눈앞의 드워프는 꽤나 오랜 시간을 살아온 것 같았다. 수현이 드래곤 이야기를 꺼냈을 때 반응한 걸 보면 무언가 수현이 모르는 걸 알고 있을지도 몰랐다.

"저게 리치라면 성물함을 다른 곳에 숨겨놓고 있을 테니까 육체는 파괴해도 안 죽지 않을까요?"

제법 설득력이 있는 소리였다. 마법사가 타락해서 되는 리치가 자신의 생명을 성물함에 담아서 따로 보관해 두는 전설은 유명했으니까.

수현은 일단 드워프에게 대미지를 입히기로 마음먹었다. 더 이상 저항하지 못하도록.

콰직!

"……."

물론 지구의 전설이 카메론에서 꼭 통하는 건 아니었다.

남은 언데드들이 일제히 쓰러졌다. 수현은 직감적으로 알 수 있었다. 저 드워프가 확실히 죽었다는 것을.

"죽었잖아!"

"성, 성물함을 찾으면……."

"성물함 같은 소리 하고 있네! 젠장. 무심코 그럴듯하다고 생각한 내가 잘못이다."

저 정도 되는 마법사면 무언가 방법을 갖고 있을 거라고 생각해 버렸다. 육체 정도는 파괴해도 바로 죽지는 않을 거라고.

그러나 드워프 마법사는 즉사했다. 수현은 다시는 마법사에 대해 환상 같은 걸 갖지 않기로 마음먹었다. 무심코 죽여

버린 건 아쉬웠지만, 수현은 곧바로 마음을 다잡았다. 죽인 건 죽인 거고 수습은 수습이었다.

김창식은 고개를 푹 숙이고 있었다. 괜히 입을 놀렸다가 사고를 친 것이다.

"됐어. 어차피 죽여야 할 놈이었으니까……. 살려둔다고 해도 순순히 불 놈은 아니었고. 넌 밥값 했어."

"리치하고 성물함 이야기가 무슨 소리야?"

샤이나가 고개를 갸웃거리며 물었다.

"그…… 사악한 마법사가 자기 심장을 빼서 다른 곳에 보관해 두면 다쳐도 죽지 않는다는 이야기인데……."

"그게 뭔 오크가 풀 뜯어 먹는 소리?"

"……네, 그렇죠. 잘못했습니다."

김창식은 고개를 다시 푹 숙였다. 수현은 그의 등을 치고서는 주변을 둘러보았다. 일반인이 봤다면 당장에 비명을 지르며 쓰러졌을 광경이었다. 말 그대로 시체의 산이 눈앞에 펼쳐져 있었으니까.

초능력자들의 시체를 지나, 수현은 돌을 깎아 만든 의자로 다가갔다.

"아티팩트들은 따로 모아놓은 건가?"

도전한 초능력자들도 당연히 아티팩트를 갖고 있었다. 죽어버린 이상 전리품으로 변해버렸지만.

평소라면 흥미를 가졌겠지만 수현은 다른 게 더 궁금했다.

"윽. 수현, 이거 봐."

루이릴이 수현의 옆구리를 찌르며 시체를 가리켰다. 시체에서는 진한 녹색 액체가 흘러나오고 있었다. 몇몇 시체에서만 보이는 증상이었다. 그리고 그 녹색 액체에서는 기운이 느껴졌다.

"……!"

시체인 언데드가 초능력을 쓸 수 있었던 건 이것 때문이었나?

수현은 천천히 다가갔다.

이 액체는…….

'에멜늄?!'

아무리 봐도 색이 비슷했다.

액체 상태의 에멜늄이라니.

본 적도 없었다. 하지만 주변의 상황을 보니 다른 가능성은 보이지 않았다.

이 주변에는 살아 있는 생물이 없었다. 그런 상황에서 드워프 마법사가 살기 위해서라면 최소한의 에너지원이 필요했다. 무언가 특별한 방법으로 뼈만 남은 마법사라면 기운만 갖고서도 살 수 있지 않았을까?

'이게 그 해답인가?'

수현은 광석을 하나 집어 들었다. 그도 직접 보는 건 처음이었다. 워낙 희귀해서 자료에 나온 이름으로만 본 것이다. 딱딱한 광석은 어떤 기운이나 마력도 느껴지지 않았다.

'어떻게 녹인 거지?'

이 지하에는 아무것도 없었다. 신기할 정도로.

여기서 오래 살았다면 무언가 꾸밀 법도 했지만, 드워프 마법사는 어떤 흔적도 남겨놓지 않았다. 하다못해 일기장 같은 것도 없었다. 있는 건 시체와 광석이 전부였다.

'거참, 삭막한 놈이네.'

드워프 마법사가 딱히 제련 시설 같은 걸 만들어 놓지 않았으니 그도 분명 개인적인 능력으로 녹였을 것이다. 수현은 그렇게 생각하며 광석에 손을 뻗었다.

'화염으로 녹여야 하나? 아니면⋯⋯.'

아티팩트에 기운을 불어넣는 감각으로 수현은 정신을 집중했다. 딱딱했던 광석이 물렁거리는 느낌으로 변했다.

"⋯⋯!"

더 힘을 주자 광석이 순식간에 녹아내렸다.

수현은 알지 못했다. 드워프 마법사는 이걸 녹이기 위해서 엄청난 집중이 필요했다는 것을.

그러나 수현은 그냥 손쉽게 녹여 버렸다. 급의 차이였다.

"팀장님! 뭐하시는 겁니까!"

"아, 깜짝이야."

"그걸 왜 드시려고 하세요!"

"살짝 핥아보려고 한 거야."

옆에서 보던 문서연이 당연하다는 듯이 고개를 끄덕였다. 그걸 본 수현은 뭔가 스스로가 바보 같아지는 걸 느꼈다.

'음, 그렇게 멍청해 보였나?'

혀끝을 대자 짜릿한 감각이 느껴졌다. 소모된 초능력이 보충되는 것 같은 느낌.

확실했다. 초능력자 언데드들의 비결은 바로 이것이었다.

'에멜늄에 이런 효과가 있었나?!'

잠시 신기해하던 수현은 곧바로 이 사실이 의미하는 것을 깨닫고 전율했다.

현재 인류는 초능력자 없이도 마력을 모으기 위해 고군분투하고 있었다. 이런 상황에서 에멜늄에 이런 효과가 있다는 게 발견되다니. 알려지는 순간 난리가 날 것이다.

수현의 머리가 빠르게 회전했다.

"팀장님, 무슨 일 있으십니까? 혹시 무슨 문제라도……."

"아니, 아무것도 아니야."

다른 대원들은 에멜늄을 입에 댄 수현에게 뭔가 문제가 생긴 줄 아는 것 같았다. 수현은 급히 손을 흔들어서 멀쩡하다는 것을 알렸다.

'지분을 얻었을 때는 그냥 평생 연금이 생겼다 싶었는데…… 생각보다 일이 커지겠군.'

이 사실을 어떻게 해야 할지 바로 파악이 되지 않았다.

알려야 하는가? 숨겨야 하는가?

'잠깐, 에멜늄을 연구한 놈들은 이제까지 이런 성능이 있었다는 걸 몰랐던 건가?'

수현의 생각은 곧바로 거기까지 도달했다. 아무리 에멜늄이 희귀하다지만 한번 발견하면 온갖 실험을 다 해보는 연구자들이 이런 효과를 모를 리 없었다.

어째서?

수현은 녹아내린 에멜늄을 내려다보았다.

'초능력이 아니라면 녹일 수 없어서인가? 이것도 실험을 해봤을 텐데……?'

수현은 문서연에게 손짓했다. 주변을 둘러보던 문서연은 수현의 손짓에 쏜살같이 달려왔다.

"무슨 일이십니까?!"

"이 광석 조각에 아티팩트에 하는 것처럼 기운을 불어넣어 봐."

"알겠습니다!"

문서연은 바로 힘을 주기 시작했다. 끙끙거리며 얼굴이 붉어지기 시작했다. 수현은 광석의 표면을 만졌다. 살짝 물러진 것을 제외하고는 별다른 효과가 없었다.

문서연 정도 초능력자면 충분히 A급이었다. 그녀보다 강한 초능력자가 있을지는 몰라도 그녀보다 초능력량이 월등히 많은 사람은 없었다. 그런 그녀가 이 정도밖에 하지 못한다면⋯⋯.

'그렇군. 발견하지 않은 게 아니라 못한 거였어. 다른 놈들은 이걸 녹일 수 없었을 테니까.'

"나옵니다!"

"⋯⋯!"

좁고 어두운 동굴 안에서 계속 돌아다녔기에 더러워지는 건 어쩔 수밖에 없었다. 그러나 일행의 꾀죄죄한 모습에 신경을 쓰는 사람은 아무도 없었다. 그들은 모두 경이로운 시선을 보내고 있었다.

'과연 마법사⋯⋯! 차원이 다르군⋯⋯!'

수현이 과연 이 문제를 해결할 수 있을까?

이 질문에 밖의 사람들은 반반으로 나뉘었다.

'김수현이 해결한 일들을 봤을 때 이 정도는 충분히 해결할 수 있을 것이다!'라고 주장하는 사람들이 있었고, '아무리 김수현이라도 이 광산은 무리다! 빨리 폐쇄하고 핵이라도 써야 한다!'라고 주장하는 사람들도 있었다.

그리고 수현은 그 논쟁에 대답이라도 해주듯이 당당하게 걸어 나왔다.

'살아나왔다니, 일단 그것만으로도 큰 진척이다.'

이제까지 제대로 된 정보도 수집하지 못한 상황. 마법사가 해결하지 못했다고 하더라도 저번보다는 상황이 나아졌다.

"괜찮으십니까? 안의 상황은……."

"문제 처리했습니다. 몬스터는 전부 처리했고 확인도 마쳤으니 안으로 들어가도 별문제 없을 겁니다."

"!!!"

수현을 부른 건 문제를 해결하기 위해서였지만, 그래도 한 번의 시도로 '해결되었다'는 말을 직접 듣는 건 그 느낌이 달랐다.

"해, 해결했다고요?"

"예, 내부 정보는 저희가 알아서 주기로 했으니 간단하게 정리해서 보내드리겠습니다. 일단은 쉬고 싶군요. 확인은 알아서 하실 수 있으실 거라 믿습니다."

리즈오신은 어떻게 해야 할지 모르겠다는 표정을 지었다. 바위 같던 그에게서는 쉽게 볼 수 없는 얼굴이었다. 그는 머뭇거리더니 고개를 끄덕였다.

"알겠습니다. 지금부터 작업에 들어가겠습니다."

숙소 안으로 발을 들이미는 순간 밖에서 사람들이 분주하게 움직이는 소리가 들렸다. 이 갑작스러운 사실을 보고하고, 사방으로 연락을 하고, 어떻게 해야 할지 정하고 있는 게 분명했다.

"으아아…… 살겠다!"

"표정을 보니 예상했던 것보다 훨씬 더 빨리 나온 것 같습니다."

왕하이가 밖으로 시선을 돌리며 말했다.

"뭐, 그것도 그렇고. 아마 우리가 실패할 거라고 생각한 놈도 몇몇 있었겠지."

"팀장님께서 나섰는데도 말입니까?"

"원래 카메론에서는 아무리 대단한 놈이라도 실패할 수 있거든. 잘나가던 초능력자가 오지에서 사고당하는 일이 한두 번 일어난 것도 아니고. 그나저나 너는 좀 골치 아프겠다? 나한테는 아무도 안 오겠지만 너는 좀 만만하니까."

"……."

왕하이는 얼굴을 찌푸리며 고개를 끄덕였다.

"비밀은 지키겠습니다. 안에서 본 걸 제가 밖으로 발설하는 일은 없을 겁니다."

"뭐 말할 게 있나? 드워프 마법사?"

"그걸 포함해서 모든 걸⋯⋯."

"그건 사실 알려져도 별 상관없어."

드워프 마법사가 차원문 소란 때 같이 넘어와서 침입자들을 공격했다는 건 놀랍긴 했지만, 알려져도 별 상관이 없는 이야기였다. 왜냐하면 그건 가치가 없는 정보였으니까.

이종족이 인간을 공격하는 건 딱히 새삼스러운 일도 아니었다. 언데드를 조종하는 능력도 대단한 능력이기는 했지만 인류 최초로 발견된 능력도 아니었고.

거기에 드워프 마법사는 이미 죽은 데다가 그놈에 대한 정보를 찾을 가능성도 희박했다.

'쯧, 그러고 보니 결국 그놈이 한 말이 무슨 소리인지 캐묻지를 못했네.'

드래곤 이야기를 꺼내자마자 분노하면서 덤벼온 이유를 알 수가 없었다. 그건 아무리 봐도 열등감이었다.

'드래곤이 되지 못한 게 아니라 되지 않은 거라고? 그냥 되지 못한 거라고 보면 되겠고⋯⋯. 놈도 드래곤이 되려고 했었나?'

수현은 에이럼 스란달이 했던 말들을 떠올렸다.

드래곤은 번식하는 게 아니라 경지에 오른 사람이 되는 거라고.

사실 그 말을 완전히 믿지는 않았는데, 그 드워프 마법사가 한 소리를 들으니 갑자기 신뢰가 가기 시작했다.

'뭐, 그것보다 지금 중요한 건 이거지.'

드워프 마법사와 드래곤에 관한 정보는 수현만 관심이 있는 정보였다. 인간 중에서 드래곤이 된다는 걸 꿈꾸는 사람은 아무도 없을 것이다. 드래곤은 그저 피해야 하는 자연재해였으니까.

그러나 지금, 수현의 손 위에 있는 에멜늄은 공상이 아니라 현실이었다. 당장에 광산이 확인되는 순간 인류가 채굴에 나서게 될 현실.

'역시 회장에게 연락을 해야 하나?'

현재 인공 초능력 프로젝트 연구에서 가장 앞서 있는 것은 미국이었고, 그 연구를 후원하고 있는 건 찰스 회장이었다. 그때 말하는 걸 생각해 보면 가장 큰 난제가 동력원이 분명했다.

'이걸 말해주는 순간 뒤집어지겠군.'

"소피아, 회장하고 연락하고 있지?"

"네."

회장이 소개해서 보내준 사람이니 연락 수단을 따로 갖고 있을 거라고 생각했다.

수현의 예상은 맞았다. 소피아는 살짝 난감한 표정으로 수

긍했다.

"그래도 정보를 유출하거나 한 적은……."

"알아. 믿으니까 연락 좀 해줘."

연락의 효과는 굉장했다. 카메론에 있던 찰스 회장이 소식을 듣고 바로 차원문을 넘어온 것이다. 한동안 지구의 공기는 더럽다며 발도 디디지 않았던 그의 모습과 비교해 본다면 상상도 가지 않는 일이었다.

실제로 관계자 몇몇은 암암리에 찰스 회장이 지구로 왔다는 이야기를 듣고 놀라서 수군거리고 있었다.

"이곳 공기는 영 역겨워서……. 됐어. 이제 그만해도 된다."

"예."

수현은 회장 뒤에 있는 초능력자들이 뭘 하고 있는지 알고서 혀를 내둘렀다. 해독 아티팩트를 공기 정화에 쓰고 있는 것이다. 회장이니 가능한 사치였다.

"내가 잘못 들은 게 아니라면 말이지. 자네는 분명 이렇게 말했네. '회장님께서 진행하고 있는 프로젝트를 완성시킬 수 있는 중요한 단서가 있습니다'라고. 대체 그게 뭐지?"

수현은 대답 대신 에멜늄 광석을 탁자 위에 올려놓았다.

회장은 눈을 깜박이더니 천천히 광석을 쳐다보았다. 그는 이게 뭔지 알아차린 것 같았다.

"에멜늄? 이 석탄 덩어리를 보자고 날 불렀나?"

"석탄하고는 비교가 안 되는 효율인데 말입니다."

"결국에는 효율 좋은 석탄이지. 나는 이런 거에 관심이 없네. 돈이야 되겠지만 돈은 이미 충분하니까. 자네가 중국 정부와 거래를 하고 보하이해 앞에 나타난 에멜늄 광산을 정리해 줄 거라고 들었는데…… 거기서 갖고 나왔나 보군. 일은 잘 풀렸나?"

회장은 별로 궁금해하는 것 같지 않았다.

"궁금하지도 않으면서 뭘 묻습니까?"

"알아서 잘했을 테니까. 날 부른 이유나 말해보게. 자네를 믿어. 설마 이런 같잖은 것 때문에 나를 부르지는 않았겠지."

"이거 때문에 부른 거 맞습니다."

"……."

회장의 눈썹이 위로 치켜 올라갔다. 수현은 대답 대신 에멜늄을 붙잡고 녹였다. 그리고 반지를 하나 꺼내 탁자 위에 놓았다. 아티팩트였다.

액체가 된 에멜늄이 아티팩트 위로 떨어지자 아티팩트가 반응하기 시작했다.

아티팩트 안에 내장된 초능력은 발광. 간단하고, 어찌 보면 쓸모없는 능력이었지만 필요로 하는 마력은 엄청나게 적다는 장점이 있었다. 게다가 어디서 써도 위험하지 않고.

이런 시험대로는 제격이었다.

회장은 눈치가 없는 사람이 아니었다. 게다가 지금 아티팩트의 동력원을 만드는 프로젝트는 그가 가장 관심을 갖고 있는 프로젝트.

발광 아티팩트 하나를 움직이기 위해서 거대한 보관 탱크 몇 개 분량을 써야 하는데, 지금 수현은 에멜늄 몇 방울로 아티팩트를 작동시키고 있었다.

"……!"

회장이 말을 하지 않아도 커진 눈동자와 떨리는 손이 그의 놀라움을 증명해 주고 있었다.

그는 대답 대신 통신 단말기를 꺼내 어딘가로 연락을 하려고 했다. 수현은 그저 바라볼 뿐이었다. 그러자 오히려 회장이 민망해졌다.

"안 말리나?"

"뭐, 어디로 연락하시려고요?"

"중국 쪽에 연락을 해서 에멜늄 광산의 남은 지분을 사려고 했네."

어차피 수현 몰래 해봤자 괜히 사이만 해칠 뿐. 회장은 뭐가 중요한지 알고 있었다. 이 에멜늄 광산이 아무리 귀하고 가치가 높다지만 수현과의 관계를 해치면서까지 얻을 정도인가에 대해서는 회의적이었다.

"연락해서 접근해 보시죠."

수현이 보여주고 나서 5초도 지나지 않아 계산을 끝낸 건 놀라운 일이었다. 회장은 이 에멜늄의 새로운 가치를 깨달은 것이다.

단순히 고효율 에너지원이면 대체재가 얼마든지 있었다. 한때 인류는 석유의 고갈로 걱정을 했지만, 차원문이 평양에 생긴 후 그런 걱정은 사라졌다. 카메론은 자원의 천국이었으니까.

그렇기에 이 에멜늄에 심드렁했었다. 그러나 지금 밝혀진 비밀을 생각해 본다면…… 지구에 유일하게 있는 이 에멜늄 광산은 절대로 양보할 수 없는 황금 중의 황금이었다.

찰스 회장은 중국 쪽 기업과도 연줄을 갖고 있었다. 현재 저 에멜늄 광산의 지분은 채굴을 맡게 될 중국 국영 기업이 나눠서 갖고 있는 상황.

수현이 알려준 사실이 밝혀지지 않은 상황이라면 충분히 나머지를 구매할 수 있었다.

"정말 사도 되나?"

"할 수 있으면 해보세요."

수현은 여유로웠다. 회장은 고개를 갸웃거렸지만, 일단 수

현이 허락했으니 연락을 걸었다. 허락을 해줬는데 망설일 이
유가 없었으니까.

그러나 잠시 후, 회장은 황당하다는 표정으로 수현을 쳐다
보았다.

"남은 지분을…… 전부 자네가? 대체 어떻게?"

"몇 퍼센트 정도는 다른 쪽이 갖고 있기는 한데, 거의 무
의미하죠."

'중국 놈들이 미친 건가?'

회장은 그의 지원자였지만, 동시에 야심이 많은 사람이었
다. 그는 수현의 가치가 절대적이었기에 손을 잡고 있는 것
이었지, 언제든지 수현보다 가치가 높은 게 나타난다면 수현
과 거래를 끊을 수 있었다.

당연히 수현은 안전장치 없이 같이 일할 생각이 없었다.

"마법사가 말한 대로입니다. 처리되어 있습니다."

"먼저 들어간 4팀의 시체를 발견했습니다."

"처참하군……. 언데드라는 게 이렇게 무서운 거였나?"

밖으로 나온 수현은 우선 친절하게 정보를 풀어주었다. 물
론 진실 그대로는 아니었다. 언데드 몬스터가 나오지만, 그

건 드워프 마법사가 부리는 게 아니라 이 광산 특유의 환경 때문에 자연 발생하는 것이라고.

반신반의하던 중국 군인들과 연구자들은 안으로 들어가서 탐사를 시작했고, 얼마 지나지 않아 수현의 말이 사실이라는 걸 깨달았다. 언데드 몬스터들이 다시 나타나기 시작한 것이다.

드워프 마법사는 사라졌으니 그들 정도로도 상대할 수 있었지만, 그래도 언데드 몬스터들은 만만한 상대가 아니었다.

당연했다. 수현이 만든 놈들이었으니까.

수현은 광산에서 에멜늄의 가치를 발견했을 때, 거기서 바로 계획을 세웠다.

원래 보물은 독점해야 하는 것이다.

그렇다면 어떻게 해야 독점을 할 수 있는가?

가치를 떨어뜨려서 상대방이 '차라리 팔아넘기자!' 하고 생각하게 만들면 됐다.

그러기 위해 수현은 몇 가지 준비를 했다. 그중 하나가 나오기 전에 언데드 몬스터들을 추가로 만들어서 뿌리고 나온 것이었다.

에멜늄을 추가로 넣어서 즉석에서 강화시킨 언데드 몬스터들은 결코 쉬운 놈들이 아니었다. 개수가 적어서 망정이었지 조금만 더 많았다면 다시 참사가 일어났을 것이다.

실제로 밖으로 나온 군인들은 진저리를 쳤다. 저 좁고 어두운 공간에서 지속적으로 나오는 언데드 몬스터들을 상대하며 채굴 시설을 보호해야 한다니. 사람 미치기 딱 좋은 짓이었다.

그들이 사실을 분석하고 위에 보고할 때쯤 수현이 접근했다.

–이번 시도에서 얻은 아티팩트를 전부 돌려줄 테니, 남은 지분을 넘기는 건 어떠냐?

수현이 이번 광산 소탕에서 얻은 건 단순히 지분만이 아니었다. 광산 안에서 얻은 아티팩트도 그의 소유였다. 중국 쪽에서는 피눈물을 흘릴 만큼 아쉬웠겠지만, 수현을 부르기 위해서 양보한 것이었다.

그런데 그 아티팩트를 전부 넘긴다니.

이미 수현은 이번 거래로 광산 지분의 과반을 점유하고 있었다. 이 파격적인 제안에 관련자들은 연신 회의를 했다.

"아무리 그래도 이런 광산을 전부 넘기는 건 아닌 것 같습니다. 나중에 후회할지도 모릅니다."

"에멜늄이 엄청나게 희귀하다는 건 인정합니다. 하지만 이미 보고서를 보셨을 텐데요. 이 광산은 현실적으로 이익을 만들기가 힘들어요. 차라리 카메론에서 다른 자원을 가지고 오는 게 더 채산성이 높겠습니다. 대체 자원이 에멜늄만 있는 게 아니잖습니까?"

"그 안에서는 언데드 몬스터가 계속 나온다면서요?"

"예, 마법사가 제공한 정보에 따르면 지역의 특수한 성질 때문에 안에서 계속 언데드 몬스터를 만들어낸다고……."

그 말에 모두 고개를 저었다. 카메론은 정말 끝을 알 수 없는 곳이었다.

"그 말은 확인했습니까?"

"예, 몇 번 시간을 두고 확인해 봤는데, 없었던 언데드 몬스터들이 다시 나타난 걸 확인했습니다. 아마 시간이 지나면 처음처럼 많아질 겁니다."

에멜늄은 탐이 났지만, 그 안에서 계속 언데드 몬스터가 나온다는 것이 그들을 망설이게 만들었다. 지속적으로 손실이 발생하는 것이다.

"마법사가 왜 거래를 시도한 거 같나? 그도 이런 상황을 알고 있을 텐데."

"일단 마법사가 상식 바깥에 있는 초능력자라는 것을 아셔야 합니다. 우리 군이 반년에 걸려서 소탕을 해야 하는 걸 그는 일주일 안에 끝낼 수 있습니다. 효율이 다르죠. 게다가 그는 이미 광산의 지분을 대가로 받은 상황. 기껏 받았는데 개

발을 시도하지 않는다면 아무런 의미가 없습니다."

"그건 그렇지."

광산의 지분을 받았는데 개발하기 힘들다고 내버려 둔다면 그만큼 억울한 일도 없을 것이다. 물론 냉정하게 계산을 해야 하겠지만, 사람의 마음이란 건 그렇게 냉정하게 움직이지 않았다.

일단 손에 쥔 게 있으면 어떻게든 써먹으려는 게 사람이었다.

"이렇게 된 이상 그가 직접 나서는 한이 있더라도 에멜늄을 채굴하겠다는 생각 아니겠습니까? 그러기 위해서는 에멜늄을 독점하고 싶을 겁니다. 우리와 나누는 것과 그 혼자 독점하는 건 그 차이가 크니까 말입니다."

"에멜늄을 독점했을 때, 우리에게 무언가 타격이 있나?"

"아니요. 그런 건 없습니다. 말했듯이, 효율이 조금 차이가 날 뿐이지 카메론에는 다른 대체 자원이 많습니다. 다만 에멜늄은 워낙 희귀하니, 연구나 기타 목적으로 쓸 때 골치 아프기는 하겠죠."

"그러면 조금만 남겨놓고 나머지는 전부 넘겨 버려도 되겠군. 안 그래도 마법사가 가져간 아티팩트를 회수할 방법이 없어서 곤란했었는데."

"맞습니다. 당장 채굴하려면 시간이 걸릴 자원보다는 아티팩트가 더 급합니다."

"좋아. 그러면 마법사와의 거래를 허락하도록 하지."

골치 아픈 광산을 넘기고, 대신 그 광산의 몬스터는 수현이 빠져나오지 못하게 관리한다. 거기에 아티팩트까지.

이 정도가 계약의 골자였다.

계약을 체결한 중국인들은 속으로 수현을 비웃었다. 광산이 타산이 안 맞으면 냉정하게 버렸어야지 그것에 집착해 이렇게 아티팩트까지 바쳐 가며 나머지를 구하려고 하다니.

예전 19세기에 러시아가 미국에게 알래스카를 판 적이 있었다. 그 당시 사람들은 미국을 비웃었지만 시간이 지나고 미국을 비웃는 사람은 없어졌다. 현재의 기준으로 본다면 알래스카를 판 러시아를 비웃으면 비웃었지. 여기에 모인 사람들은 불과 10년도 지나지 않아 그들이 그 꼴이 될 거라고는 전혀 상상치 못했다.

"아니…… 무슨 그 안에서 폭발이라도 일어난 게 아니라면 놈들이 이렇게 급하게 거래를 할 리가 없을 텐데. 처분이라도 한 것 같잖나. 무슨 수를 쓴 거지?"

"글쎄요. 중국인들이 광산 안을 돌아다니다가 유령이라도 본 거 아니겠습니까?"

"으음······."

회장은 골치가 아파오는 것을 느꼈다. 언제나 독점은 다른 사람들에게 좋지 않았다. 게다가 저 에멜늄이란 건 대체할 게 없었다. 벌써부터 수현이 웃는 게 신경 쓰였다.

"자네, 우리는 꽤 친한 사이였지?"

"친한 사이죠, 회장님. 그런데 회장님이 이걸 보자마자 어디로 연락을 하려고 하셨더라."

"······그건 그냥 농담이었네. 내가 자네한테 물었잖나? 연락해도 되냐고."

"농담이기는 했지만 결국 연락을 하셨잖습니까? 제가 하지 말라고 해도 안 하셨을 것 같지는 않은데요."

"아니, 안 했을 거야."

"뭐, 결국 했다는 게 중요하죠."

회장은 입맛을 다시며 고개를 저었다. 너무 방심했다. 수현이 이렇게 그를 불러서 친절하게 대해줬을 때 의심을 했어야 했다.

'한번 방심한 대가를 톡톡하게 치르는군그래.'

"회장님, 이 에멜늄이 가지고 올 기술 진보를 생각해 보십시오. 생각만 해도 가슴이 뛰지 않습니까?"

"그래, 그렇지."

"회장님은 인공 아티팩트 기술을 제공하시고, 저는 그 동력을 맡을 에멜늄을 제공하겠습니다. 회사 하나 따로 만드시죠. 사람들은 누구나 사고 싶어 할 겁니다."

"이게 무슨 총도 아니고, 이걸 누가 갖고 싶어 하겠나? 대포를 집 앞에 두고 싶어 하는 사람은 없어. 아직은 시기상조야."

회장은 짐짓 시치미를 뗐다. 수현의 제안이 정말 탐이 났지만 안 그래도 불리한 상황에서 덥석 좋다고 꼬리를 흔들면 더 불리해진다. 지금은 일단 가치를 깎아봐야 했다.

"회장님, 저번에 저한테 인공 아티팩트 프로젝트를 말하실 때에는 공격용만 말하시더군요. 좀 노골적이었어요."

"……!"

"공격용 인공 아티팩트는 한정적이겠죠. 군대나 사려나? 그렇지만 방어용은 어떻겠습니까. 강력한 초능력 방어막으로 보호받는 건물들을 생각해 보세요. 이걸 회장님이 생각 못 하셨을 리는 없는데. 정말 못 했으면 저도 좀 많이 실망할 것 같군요."

"젠장. 그래, 했네. 방어막 아티팩트가 가장 주력이야."

강력한 공격용 인공 아티팩트는 핵 같은 것이었다. 일단 만들면 좋지만 의외로 쓸 곳이 없었다. 정말 강력한 몬스터 상대로 결전 병기 용도로 쓸 경우가 얼마나 나오겠는가.

그러나 강력한 방어용 인공 아티팩트는 누구나 원할 것

이다.

차원문 소란 때문에 인류는 지구가 안전하지 않다는 것을 깨달았다. 몬스터는 언제 어디서든, 천재지변처럼 나타날 수 있었다. 고층 빌딩의 꼭대기에서 일하다가도, 번화가의 대로를 걷다가도, 또는 그냥 재수 없으면 만날 수 있었다.

방공호가 있기는 했지만 완전하지는 않았다. 몬스터는 언제나 상식을 뛰어넘었으니까. 방어용 인공 아티팩트는 그 걱정의 대부분을 덜어줄 것이다.

"그러실 줄 알았습니다. 준비가 다 됐으면 그럴듯한 회사 이름이나 지으시죠. C&K 같은 것도 나쁘지 않겠군요."

수현이 농담을 하고 있었지만, 둘 다 아직 본론은 꺼내지도 않았다는 걸 알고 있었다. 회장은 기회를 엿보다가 말을 꺼냈다.

"그런데…… 지금 이 아티팩트는 대량생산이 불가능하잖나."

"그렇죠. 거의 원시적으로 만드는 상황이니."

"나오는 아티팩트의 권리는 어떻게 나눌 생각인가?"

마음 같아서야 아티팩트의 권리를 돈으로 사고 싶었지만, 수현은 돈에 넘어갈 사람이 아니었다. 그리고 이 인공 아티팩트는 돈으로 살 수 있는 것도 아니었고.

"동시에 말해볼까요?"

"그러지."

"5:5."

"9:1."

"……아니, 9:1은 너무하지 않나?!"

"5:5로 나누려고 한 회장님이 더 너무하지 않습니까? 양심이 거의……."

"아니, 나를 불렀으니 아마 그 광산의 채굴 시설도 다 내가 담당하게 되겠지. 그렇겠지?"

"그럴 생각이었죠. 회장님 전문이잖습니까."

"기술도 다 내가 갖고 있는 거고!"

"그렇죠."

"그런데 내가 1인가?!"

"채굴 회사도, 기술도, 다 대체가 가능하잖습니까."

아픈 곳을 찔린 회장은 입을 다물었다.

"기술은…… 다른 곳은 아직 멀었……."

"미국이 연구하면 다른 곳도 다 합니다. 조금 기다리면 될 뿐. 그 차이가 10년을 넘지는 않을걸요."

"……7:3. 7:3으로 하지."

65장
인공 아티팩트(1)

수현의 말은 아픈 곳을 찔렀다.

그렇다. 이제 한 곳만 독보적으로 발전된 기술을 가지고 있는 경우는 드물었다.

미국이 연구하면 러시아도, 중국도 연구를 했다. 먼저 발표를 하더라도 그 이후에 그걸 어떻게든 조사해서 따라붙는 게 보통이었다. 그에 비해 에멜늄 광산은 다시 나온다는 보장이 없었다.

"회장님, 지금 뭔가 하나 놓치고 있으신 거 같습니다."

"……?"

"에멜늄이 이런 성능을 가지고 있는데, 왜 아무도 몰랐겠습니까?"

"……!"

회장은 얼굴이 굳어졌다. 확실히 그랬다. 에멜늄이 희귀하다지만 나오는 순간 최대한의 연구가 진행됐을 것이다. 그런데 왜 저런 효과가 아직까지 발표되지 않았을까?

"저 광산만 특별한가? 아니면 특별한 방법이 있나?"

"후자에 가깝죠. 이 원석을 녹여야 효과가 납니다만……이걸 녹이는 게 만만하지가 않더군요. 거기, 여기 와서 이걸 잡아보시죠."

찰스 회장 뒤에 서 있던 초능력자가 수현의 말에 무심코 걸어왔다. 그걸 본 찰스 회장이 어처구니가 없다는 표정으로 그를 쳐다보았다.

"네가 누구 밑에서 일하지?"

"죄, 죄송합니다."

수현의 명성과 카리스마에 눌려서 아무 생각 없이 움직였다가 큰 실수를 했다. 회장도 그걸 알았는지 혀만 차고 더 이상 타박하지 않았다.

"아티팩트처럼 사용해 보세요. 그러면 무슨 소리인지 알 겁니다."

"흡……!"

초능력자는 끙끙거리며 힘을 집중했다. 그러나 어떤 변화도 일어나지 않았다. 회장은 그걸 보더니 손가락을 튕겼다.

뒤에 있던 다른 초능력자들도 와서 원석을 잡았다.

"끄으응……!"

"죄송합니다. 안 될 것 같습니다."

초능력자들은 땀투성이가 되어서 나가떨어졌다.

수현은 원석을 다시 받은 다음 가볍게 힘을 주었다. 마치 여름의 햇살에 노출된 얼음처럼, 에멜늄은 그대로 녹아내렸다.

그걸 본 회장의 얼굴이 어두워졌다. 그가 더 불리해질 거라는 걸 직감적으로 느낀 것이다.

"자네 말고 녹일 수 있는 다른 사람은 없나?"

"정확한 건 아니지만 간단하게 실험은 해봤습니다. 아마 인간 중에서는 없을걸요? 초능력 총량이 커야 가능한 거 같으니……."

회장은 깊게 한숨을 내쉬었다. 그러고는 말했다.

"……8:2?"

"제가 많이 양보해 드리는 거 알고 계시죠?"

"그래, 2개라도 줘서 정말 고맙네!"

이렇게 말해봤자 수현은 눈 하나 깜짝하지 않을 거라는 걸 잘 알고 있었다.

회장은 갑자기 궁금해졌는지 물었다.

"그러고 보니 인공 아티팩트가 완성되면 어디에 설치할 생각인가?"

"그다지 깊게 생각해 보지 않았네요. 흠, 어디 보자. 회사 부지에 일단 설치하고 정부 쪽에도 몇 개 대여해 줘야겠죠. 받을 게 있으니까. 의원님들 좋아하시겠네."

"한국 정부와 뭘 하든 알 바 아니지만, 회사 부지에 아티 팩트를 설치할 이유가 있나? 지구도 아닌데."

도시 안에 있는 회사 부지가 공격받을 이유가 없었다. 지 구도 아닌 이상 차원문이 열릴 일도 없었으니까.

"상징적인 의미에 가깝죠. 그리고 카메론의 도시도 완전 히 안전한 건 아니에요. 저번에 비행 몬스터들 날아온 거 아 실 텐데."

"아, 그거야 워낙 예외적인 상황이었고."

"그런 상황은 언제든지 다시 일어날 수 있죠. 그나저나 회 장님은 어디에 설치하실 겁니까?"

"당연히 가장 먼저 내 저택에 설치해야지."

"……"

방금 몬스터의 공격을 받을 일이 없으니 회사 부지에 설치 할 이유가 있냐고 물은 사람이 자기 저택에 설치한다고 말하 니 어이가 없었다.

그러나 회장은 당당했다.

세상이 무너지더라도 일단 자기 집부터 먼저 지키겠다는

강한 의지!

"내가 투자하고 내가 얻어낸 기술인데 내가 이타적으로 공공장소에 먼저 배치할 줄 알았나? 아직 순진하군. 잘하는 건 원래 공짜로 해주면 안 되네. 사람들이 받기만 하면 그게 공짜라고 착각하거든."

"공공장소에 무료 배치하란 소리가 아니라, 그냥 저택에 먼저 배치할 줄은 몰랐습니다. 회장님 저택 정도면 손꼽히게 안전한 곳이잖습니까."

초능력자를 대거 고용해서 로테이션을 돌려가며 경호를 하는 곳은 드물었다.

"그래도 아직 모자라. 그리고 요즘 영 찜찜한 소문을 들었거든."

"......?"

"자네는 못 들었겠군. 요즘 활동하고 있는 초능력자 범죄 조직에 대해 들어봤나?"

"들어보지는 못했지만 당연히 있겠죠. 회장님이 신경 쓰실 정도입니까?"

초능력자가 목숨을 걸고 카메론의 오지로 들어가면 돈이 나왔다. 그러나 그렇게 목숨을 걸 수 있는 건 아무나 할 수 있는 게 아니었다.

그에 비해 인간 상대로 범죄를 저지르는 건 훨씬 덜 위험했다. 그런 범죄 사건은 예전에도 있었고 미래에도 있었다. 수현도 몇 번 뉴스에서 듣기는 했지만 별로 신경을 쓰지는 않았다. 그와는 전혀 다른 영역의 이야기였으니까.

카메론에서 닳고 닳은 초능력자들은 지구에서 초능력자로 행세하는 범죄자들을 보면 비웃었다. 몬스터와 싸울 용기가 없어 지구에서 왕 행세하는 이들이 우스울 수밖에 없는 것이다.

"아니, 내가 말하는 건 카메론의 뒷골목에서 돌아다니는 잡배들 이야기가 아닐세. 훨씬 더 조직적이고 규모가 큰 놈들 이야기지. 확실하지는 않지만 몇몇 기업한테서는 자금 지원도 받고 있는 것 같아."

"……!"

수현의 얼굴이 굳었다. 회장이 이런 소리를 할 정도라면 보통 일이 아니었다.

"자금 지원을 받는다고요?"

"그래, 아는 사람의 아는 사람의 아는 사람한테 들었는데……."

"……."

"몇몇 회사가 수상한 아티팩트를 대량으로 확보했다고 하더라고."

"암시장은 어떻습니까?"

"암시장에서 구할 수야 있지만 한 번에 그럴 수가 있겠나? 암시장 사람들도 눈치가 있는데. 아마 아티팩트를 확보하고 있는 조직에게 상납을 받은 게 분명해. 그리고 카메론에서 아티팩트를 다량으로 확보하고 있는 놈은 몇 없지."

"범죄 조직 정도죠. 그런데 회장님, 아무리 그래도 너무 잘 아시는 거 아닙니까?"

수현이 예외적인 경우였지, 카메론이든 지구든 모두가 아티팩트를 탐냈다. 현대의 보물이나 마찬가지였으니까. 양심을 파는 대신 아티팩트를 얻을 수 있다면 협조할 기업들은 분명히 있을 것이다.

"이게 미국 쪽 조직이라서 그렇다네. 적어도 뿌리는 미국에 두고 있는 게 분명해."

"FBI가 일을 안 하나?"

"하고 있네. 그 사람들한테 들은…… 아, 이건 비밀로 해주게나."

큰일 날 소리를 무심코 해버렸지만 회장은 별로 신경 쓰지 않았다.

"이놈들이 아티팩트 절도나 밀수 정도를 하는 놈들이라면 나도 신경을 별로 안 쓸 거네. 하지만 그렇지 않지. 이놈들은 간이 배 밖으로 나온 것 같더군."

"무슨 뜻입니까?"

범죄 조직이 아티팩트로 이익을 보려면 일단 모아야 했다. 그렇지만 모으는 것도 보통 일이 아니었다. 싼값에 나온 아티팩트를 사거나 훔치거나…….

"이놈들은 초능력자 사냥을 하네."

"……!"

수현은 정말로 놀랐다.

"예?"

"워낙 철저하게 증거를 숨긴지라 오랫동안 꼬리를 감춰왔지만 거의 확실하다고 봐도 좋아. 최근 일어난 몇몇 초능력자 실종 사건은 이놈들이 저지른 거겠지. 초능력자를 납치해서 죽이고 갖고 있는 아티팩트를 **뺏는** 거야."

아티팩트까지 갖고 있는 초능력자가 워낙 강력해서 그렇지, 성공만 하면 몇백억이 그냥 나오는 일이었다. 참신하다면 참신한 방법이었다.

게다가 이걸로 끝나는 게 아니었다. 수현은 무언가를 떠올리고 전율했다.

'잠깐만…… 기억이 맞다면…….'

저번에 잭의 습격 사건이 일어났을 때 최지은과 한 이야기.

"초능력자를 잡아서 인공 아티팩트를 만들려는 게 아닐까?"

회장은 아마 거기까지는 생각이 닿지 않은 것 같았다. 단순히 초능력자가 갖고 있는 아티팩트만을 노리는 범죄라고 생각하고 있었다.

그러나 크게 일을 벌인 놈들이 갖고 있는 아티팩트만 챙기고 끝낼까?

아니었다. 초능력자의 시체를 원하는 곳은 분명히 있을 것이다.

"설마 중국 쪽에서 개발한 초능력 상쇄 장치를 쓰는 겁니까?"

"아마 쓰겠지. 희귀한 기술이지만 이제 구하지 못할 정도는 아니니까. 저번에 잭을 습격한 놈들도 아마 그 조직과 관련된 놈들 같아. 자네 정도면 덤비지는 못하겠지만, 그래도 조심하게나. 나도 요즘 행동을 조심하고 있네."

소름 끼치는 이야기였다. 아티팩트를 노리고 초능력자를 공격하다니. 과감하고 냉정한 놈만이 이런 발상이 가능했다.

"어쩌다가 너무 무거운 이야기만 했군. 그러면 이제 차후 계획에 대해 이야기해 보지. 방어막 인공 아티팩트는 연료만 있으면 3개월 안에 완성시킬 수 있네. 그 이후로는 계속 아티팩트를 모으는 게 고역이겠지만."

수현은 서강석의 딸을 떠올렸다. 그녀의 능력을 이용한다면 아티팩트를 추가로 만들 수 있었다.

'앞으로는 더 조심해야겠군.'

"발표는 어떻게 할까? 자네와 내가 같이?"

"그게 무난하겠죠."

"한동안 시끄럽겠군."

초능력자 없이, 기존의 초능력자 한계를 뛰어넘은 초능력을 쓸 수 있는 인공 아티팩트를 개발했다는 사실을 발표하는 순간 세계는 뒤집힐 것이다.

각국은 기술 공유를 위해 불나방처럼 달라붙을 것이고, 또 어떤 이들은 그 아티팩트를 하나 받기 위해 온갖 수단을 쓸 것이다.

당연히 온건한 수단만 있지는 않겠지.

첩보 작전이나 그런 것도 분명히 동원될 것이다. 남의 기술을 받는 것보다는 훔치는 게 더 편하고 빠르니까.

'그러나 아무리 그래도 이건 별 의미가 없다.'

에멜늄 광산도, 에멜늄을 녹이는 것도 수현만 가능한 상황. 다른 이들이 아무리 기술을 갖고 가도 방법이 없었다.

"그런데 자네가 좀 힘들겠군."

"예? 뭐가요?"

"채굴 시스템이 완성되면 그때부터 에멜늄을 녹여야 하는데, 녹일 수 있는 사람이 자네밖에 없잖은가."

"……!"

수현은 이 계획의 가장 거대한 맹점을 깨달았다.

"강해져라!"

"왜, 왜 갑자기?!"

"이번 광산에서 너희들이 아직 멀었다는 걸 깨달았다. 내가 있는 위치까지 올라와야지!"

"그게, 말이나, 되는 소립니까?!"

갑자기 수현이 강력한 초능력 훈련을 시키자 대원들은 모두 헉헉거렸다. 외부에서 새로 들어온 이들은 조용히 입을 다물고 있었지만, 기존의 인원들은 계속해서 투덜거렸다.

"몬스터들은 너희를 기다려 주지 않아! 초능력을 성장시켜라. 한계는 없어! 너희들 중에서 제2의 마법사가 나올지 누가 아나!"

김창식이 털썩 엎어졌다. 연비 좋은 초능력을 가진 그가 이렇게 쓰러진다는 건 정말 수현이 혹독하게 굴렸다는 뜻이었다.

"일어나, 이 자식아. 비약 먹은 값은 해야지!"

"그거 먹어봤자 나아진 것도 없는데……!"

회장의 말을 듣고서 수현은 깨달았다. 이대로 가면 그 혼자서 에멜늄 광석을 녹여야 한다는 것을.

문서연 정도만 해도 어느 정도 가능성을 보였으니 분명 키우기에 따라 달라질 수 있었다.

"음?"

우샹카이에게서 온 연락. 보통 급한 일이 아니라면 우샹카이가 수현에게 먼저 연락을 하지는 않았다.

"무슨 일이지?"

─너, 우리한테 아티팩트를 전부 넘겨줬다면서? 그런 멍청한 짓을 왜 한 거냐?!

그에게도 소식이 도착한 모양이었다. 수현은 심드렁한 목소리로 대답했다.

"내 재산 내가 넘기겠다는데 왜? 그나저나 너희한테는 좋은 거 아니냐?"

─좋기는 뭐가 좋아! 저우량위 그놈이 저번에 너한테 작전 걸다가 실패한 거 있지? 그걸 이번 사건으로 완전히 메꿨다고!

"뭐? 지구에서 일어난 일이잖아. 그놈이 어떻게 연관이 된 거지?"

─그 광산 해결 문제로 당 내부에서 의견이 많았는데, 그놈이 너에 대해 상세하게 보고를 한 거지! 위에서 그 보고를 받고 너로 결정을 했는데, 네가 일 처리를 잘한 데다가 그런

식으로 멍청한 짓을 하니까…… 젠장. 벌써부터 거들먹거리고 다닌다고!

"우샹카이, 첫 번째로."

─……?

"넌 나한테 큰소리를 칠 처지가 아니야. 미쳤냐?"

냉정한 목소리를 듣자 갑자기 찬물을 얼굴에 끼얹은 것처럼 정신이 확 돌아왔다. 우샹카이는 급하게 변명했다.

─아, 아니…… 그냥 감정이 격해져서 그런 거지, 하하. 내가 무슨 뜻으로 말한 건지 알지? 안 그래도 요즘 파벌 싸움 심한데, 이런 식으로 퍼줄 거면 그냥 나한테 미리 말을 해줘도 됐었잖아? 그놈 대신 내가 끼어들었다면 공을 내가 얻었을 텐데. 미리 연락만 좀 해줬어도…….

"두 번째로, 저우량위 그놈이 이번 일에 발을 담갔다고 했지?"

─그렇다니까? 내 말을 뭐로 들은 거냐?

"아티팩트와 광산 지분에 대한 거래에서도 참여했나?"

─아마 의견을 내고 참여했을 거다.

"쯧쯧…… 곧 탈락하겠군."

─뭐?

"우샹카이, 네 상관 약점이나 찾아놓는 게 좋을 거다. 저우량위 그놈은 얼마 지나지 않아서 레이스에서 탈락할 테니까.”

중앙개척부장 자리를 얻기 위한 레이스.

그런데 저우량위가 거기에서 탈락한다고?

우샹카이의 목소리가 매우 은근해졌다.

─뭘 알고 있는 거지?

“그건 네가 알 바 없고, 네 상관 약점이나 찾아봐. 네 상관의 약점을 잡기 전에 먼저 올라가 버리면 약점이 의미가 없어질 테니까.”

─그게 찾는다고 찾아지나…….

“그러면 평생 중간 관리직으로 썩든가.”

─최대한 열심히 찾아보겠다!

연락을 끊은 수현은 고개를 저었다.

재수 없는 놈은 뒤로 넘어져도 코가 깨진다더니, 저우량위가 딱 그 꼴이었다. 하필이면 역사에 남을 정도로 멍청한 짓에 발을 들이밀다니.

회장이 신기술을 발표하는 순간, 저우량위는 무너져 내릴 것이다.

에멜늄 광산을 넘긴 정도의 큰 사고는 언제나 누군가 책임져야 했다.

그걸 누가 책임져야 할까?

당연히 당의 높은 사람들이 아닌, 그들에게 잘못된 조언을 해준 사람이었다. 중국 본토에서 일하는 사람이 아닌 카메론 출신이라면 더더욱 좋고. 저우량위가 아무리 용을 써봤자 거기서 빠져나올 수는 없을 것이다.

'그나저나 생각지도 못한 일 때문에 계획이 좀 당겨지겠는데.'

원래 계획은 우샹카이 상관의 약점을 찾아서 그를 무너뜨리고, 우샹카이를 중앙개척부장으로 올리는 것이었다. 동시에 상대 파벌도 무너뜨리고. 그렇게만 되면 카메론에서 중국의 움직임은 수현의 손아귀에 들어가는 것이나 마찬가지였으니까.

사람들은 상상도 못 할 것이다. 저 거대한 나라의 움직임이 일개 개인의 손바닥 안에서 놀게 된다는 것을.

그런데 에멜늄 광산 때문에 이상하게 일이 앞당겨지고 있었다.

'으음…….'

"안녕하십니까!"

"어, 너는…….'

"오랜만입니다. 혹시 저를 기억하십니까?"

"기억을 못 할 리가 있나."

무자크 울스타인.

수현이 유령 몬스터들이 나오는 계곡에서 블루베어 팀원

들을 구해줄 때 자리에 있던 드워프였다.

"여기는 무슨 일로?"

"회장님께서 보내셨습니다."

지금 진행하고 있는 인공 아티팩트 프로젝트에 대해 실시간으로 바로 보고할 수 있도록 따로 사람을 보낸 것이었다.

"그런데 왜 너를?"

"네? 잘, 잘못 왔습니까?"

"아니…… 잘못 왔다는 게 아니라."

수현이 묻자 무자크는 당황스러워했다.

원래 내가 오면 안 되는 거였나?

"다른 사람도 많을 텐데 왜 굳이 연락책으로 왔나 싶어서 물은 거지."

"아, 그래도 저는 김수현 팀장님과 만난 적이 있잖습니까. 다른 분들은 다들 지금 바쁘셔서……."

"그것도 그렇긴 하군."

블루베어의 초능력자들은 고급 인력이었다. 어지간해서는 시간이 남지 않았다. 수현은 고개를 끄덕이며 손짓했다.

"밖에서 할 이야기는 아니니까 안으로 들어가자고. 지금 준비는 잘되어 가고 있나?"

"네, 보내주신 샘플로 테스트를 해봤는데, 거의 문제가 없다고 봐도 좋으실 것 같습니다. 그나저나 정말 대단하십니다. 그 대단한 초능력자들이 전부 나가떨어진 곳을 혼자서 처리하시다니…….”

“혼자는 아니고, 내 팀원들 같이 들어갔거든?”

헐떡거리던 김창식이 무자크를 노려보았다. 그 눈빛에 무자크는 당황해서 말을 더듬었다.

“아, 그런 소리가 아니라…….”

“알아, 무슨 소리인지. 넌 네 훈련에 집중해라. 여유 넘치는 것 같은데, 매뉴얼 새로 짜줄까?”

“아닙니다!”

수현은 다시 시선을 무자크에게 돌린 다음, 무언가 떠올랐다는 듯이 물었다.

“그런데 광산 이야기는 회장에게 들었나?”

“네? 아닙니다. 회장님이 이런 걸 저한테 직접 이야기해 주실 분은…….”

수현이나 잭 정도 되는 사람이어야 어깨동무하면서 친한 척을 할 수 있었지, 급이 되지 않는 사람은 회장을 감히 제대로 쳐다보지도 못했다. 찰스 회장은 급이 맞지 않는 사람이 그에게 기어오르는 것을 질색했다.

“회장이 뭘 대단하다고…….”

“대, 대단하신 분 맞습니다.”

“지금 내가 말 전할까 봐 이러는 건가? 괜찮아. 욕해도 돼.”

드워프들 대상으로 유학 코스를 후원하는 것도 회장의 돈이었다. 수현은 만만해서 함부로 대하고 있었지만 회장은 거물 중의 거물이었다. 무자크는 더 몸 둘 곳을 몰라 했다.

"그런데 회장이 직접 이야기해 준 게 아니라면 어디서 들은 거지?"

"당연히 정보를 얻었습니다만?"

무자크는 당연한 소리를 왜 묻냐는 듯이 수현을 쳐다보았다.

"뭔 정보?"

"……설마 비밀로 움직이신 건 아니시죠? 김수현 팀장님께서 이번에 움직인 건 관심이 있는 사람들이면 다 알고 있을 텐데요."

한국의 마법사가 중국 영토에 있는 광산에 찾아가서 소탕 작전을 펼쳤다는 건 당연히 가벼운 소식이 아니었다.

생각이 있는 사람이라면 가장 먼저 '대체 뭘 받고 저걸 해 준 걸까?' 하는 생각을 했을 것이다.

그리고 거기서 조금 더 머리가 돌아가는 사람이라면 다음 생각을 했을 것이다.

저 안에 뭐가 있었기에 중국 정도 되는 나라가 혼자 처리를 못 하고 수현을 동원했나?

수현에게 관심이 있는 사람들은 당연히 이번 일들을 알고 있었다.

수현은 살짝 민망해졌다. 물론 비밀 유지를 하려고 한 건 아니었다. 이런 일들은 숨기려고 해도 숨길 수가 없었으니까. 그래도 이렇게 대놓고 정보 공유가 일어날 줄이야.

'안 그래도 찜찜한 이야기 들었는데 조심 좀 해야겠군.'

"혹시 안에 뭐가 있었는지 여쭤봐도 되겠습니까?"

무자크는 조심스럽게 물었다. 저런 정보도 하나하나가 돈이었다. 그 정도 되는 사람이 쉽게 물어도 될 게 아니었다.

"그거 알려주는 건 별로 어려운 게 아니니까 상관없어. 언데드 계열 몬스터가 나오더군. 그 안이 특수한 거 같아."

드워프 마법사가 있었다는 소리는 하지 않았다. 그래 봤자 좋을 게 없었으니까.

"언데드라니. 까다로웠겠습니다. 저희 부족들도 언데드 몬스터들을 꽤나 피하는 편이죠."

"상대하기가 어렵나?"

"상대하기 어렵다기보다는 미신적인 공포에 가깝습니다. 저야 이제 그런 미신을 믿지는 않지만……."

무자크는 나름 유학파라고 콧대를 세웠다. 수현은 어이가 없었지만 고개를 끄덕여 줬다.

"나이 드신 분 중에서는 또 미신을 믿는 분이 많습니다. 언데드와 싸우다 죽으면 영혼을 뺏긴다, 언데드와 싸우다 다치면 저주받는다…… 한곳에 자리 잡은 언데드들을 몰아내면 레크놀드가 온다."

"레크놀드?"

"아, 팀장님은 모르실 겁니다. 저희 쪽 전설에 나오는 사악한 마법사죠. 그냥 인간들 사이에서 애들 겁주는 전설 같은 겁니다."

"아니, 더 말해봐."

수현은 흥미롭다는 듯이 재촉했다. 인간들이야 상상력으로 동화를 썼다지만, 여기 있는 이종족들은 실제로 초능력과 몬스터들을 맞부딪치면서 살아왔다. 당연히 전설도 그 신빙성이 차원이 달랐다.

"사악한 마법사라니, 다크 엘프인가?"

그리고 이런 이야기에서 언제나 단골은 다크 엘프였다.

"아닙니다. 레크놀드는 드워프입니다, 팀장님. 저희 쪽 전설이라니까요."

"아니…… 드워프 전설에 다크 엘프가 나올 수도 있잖아…….""

계속 저자세로 나오던 무자크가 정색을 하니 이번에는 수현이 당황했다. 자기네 종족 전설에 다크 엘프가 등장을 한다는 게 그를 울컥하게 만든 모양이었다.

"그래서 레크놀드가 뭐 하는 놈이었는데?"

"인간 쪽 전설과 그렇게 차이도 없을 겁니다. 원래 젊고 뛰어난 마법사였는데, 더 뛰어난 라이벌한테 패배하고, 그 뒤로는 비뚤어져서 타락하고…… 그다음에는 죽기 싫어서 비술을 연구했답니다. 인간들 전설에서 나오는 리치 비슷한 그런 거죠. 어쨌든 그래서 저희들 사이에서는 언데드들을 보면 레크놀드 이야기를 하곤 합니다. 레크놀드가 부리는 놈들 아니냐 하고 말입니다."

"그게 얼마나 된 이야기지?"

"구체적인 시간은 저도 잘…… 몇백 년은 넘었지 않겠습니까? 아주 까마득한 전설이니."

'설마 저게 그놈은 아니겠지……?'

에멜늄 광산은 평양 차원문 주변에서는 발견된 적 없는 정말로 희귀한 지형이었다.

그런데 이번에 일어난 차원문 소란 때문에 행성 깊숙이 있던 곳이 날아왔다면?

가능성은 있는 이야기였다. 생각지도 못한 이야기를 들은 수현은 고개를 흔들었다.

"잠깐, 라이벌은 누구야? 같은 드워프인가?"

"글쎄요? 저도 잘 모르겠습니다만, 같은 드워프는 아닐 겁니다."

"그건 어째서지?"

"그야 저희 전설에 이름이 남지 않았잖습니까. 보통 이런 경우는 다른 종족의 인물이 대부분입니다. 저희 전설에서는 같은 드워프일 경우 보통 이름이 남거든요."

냉정한 무자크의 분석. 인간 세계에서 체계적으로 따로 배웠기에 그는 그가 자란 곳을 분석할 수 있었다.

아무리 전설에 나올 정도의 인물이라도 같은 종족이 아니라면 이름 따위는 지워 버리는 폐쇄주의!

"……그래, 뭔 소린지는 알겠다."

레크놀드가 드워프 마법사라는 건 확실하게 알 수 있었다. 수현은 왠지 모르게 직감적으로 느껴졌다. 그가 숨통을 끊은 게 이놈이었다는 것을.

"더 아는 거 없나?"

"이 이야기가 재미있으셨습니까?"

무자크는 의아하다는 듯이 수현을 쳐다보더니 생각에 잠겼다. 알고 있는 걸 더 떠올리느라 고민에 잠긴 표정이었다.

"아, 레크놀드를 좋아하는 늙은 드워프들도 조금 있습니다."

"……?"

"전설에 따르면 이 레크놀드는 그래도 드워프는 안 건드리고 다른 종족만 괴롭혔다고……."

"별 같잖은…… 라이벌한테 질 만한 놈이네. 상대를 가리면서 뭘 하는 거야?"

"드워프 전설이라 그런 게 아니겠습니까?"

"글쎄……."

수현은 말끝을 흐렸다. 무자크는 전설이라고 생각했는지 별로 관심이 없어 보였지만 직접 경험을 한 수현의 입장은 달랐다. 이게 사실이라면 다른 전설 중에서도 무언가 쓸 만한 정보가 담겨 있는 게 있을 것 아닌가.

'언제 한번 들어봐도 괜찮겠는데.'

"이야기 고마웠어."

"별거 아닙니다. 언제든지 불러주십시오."

"일은 어떻게 되어가고 있어?"

"순조롭지, 뭐. 광산 주변에는 오크들이 갔고, 안에는 회장이 보낸 사람들이 시설을 깔았어. 인공 아티팩트 같은 경우는 다른 곳에서 준비를 하고 있고……."

최지은이 살짝 분하다는 표정으로 고개를 끄덕였다. 국내의 기술만 되었다면 굳이 회장을 끼워 넣지 않아도 됐을 것이다. 그렇지 못해서 말릴 수가 없었다.

그렇지만 일의 진행은 순조로웠다. 사전에 약속한 대로,

그리고 일단 겉으로는 제대로 속이기 위해서 수현은 광산 주변에 인원을 보냈다.

물론 안에서 나오는 몬스터는 이제 없다고 봐도 좋았으니 오크들을 불렀다. 생전 처음으로 지구에 가 보게 된 오크들은 매우 긴장했지만 그래도 나름 잘 적응해 가고 있었다.

그리고 수현도 열심히 노력하고 있었다. 채굴되는 대로 에멜늄을 녹이는 작업에 착수했던 것이다. 나중에 밀려서 하게 되면 보통 골치 아픈 게 아닐 테니까.

"그런데 내가 말한 건 했어?"

"응, 걱정 안 해도 될 거야."

회장과의 대화를 끝나고 수현이 가장 먼저 한 건 안전의 강화였다. 수현은 이제 국내에서만 활동하는 사람이 아니었다. 초능력 관련하면 무조건 세계에서 이름이 나오는, 인류 최초의 마법사.

상대방이 겁이 없다면 수현은 건드리지 못하더라도 그 주변은 건드릴 수 있었다. 게다가 수현의 팀은 그럴 만한 가치가 충분했다. 아티팩트가 거의 넘쳐흘렀으니까.

아무리 정보를 통제한다고 하더라도 어딘가에서는 조금 샜을 것이다.

그래서 대원들을 불러 상황을 설명하고 대비하게 했다. 초능력 상쇄 장치를 무력화시킬 수 있도록 장치를 주고, 초능력만 믿고 혼자 다니는 일은 없도록 했다.

그 외에도 안팎으로 가능한 보안은 전부 추가했다.

당연히 그중에는 연구소의 보안도 있었다. 강화된 언데드 군단이 밑에 잠들어 있는 연구소였지만 그래도 혹시 모르는 건 모르는 것이었다.

"여기는 서강석 씨도 있고, 추가 전력도 있는 데다가 여차하면 예나가 만든 아티팩트를 쓸 수도 있으니까……. 오히려 다른 곳을 더 신경 써야 할 거 같은데. 대비는 다 했어?"

"사실 이제 와서 우리한테 덤벼들 것 같지는 않아. 이제까지 덤비지 않았으니까. 어떤 이유에서든지 간에……."

수현은 사실 솔직하게 말한다면 '덤빌 테면 덤벼봐라' 하는 기분이었다. 상대가 누구든 간에 수현도 숨겨놓은 전력이 있었다.

"아마 여러 곳에서 쫓고 있으니까 곧 꼬리가 잡히겠지. 잘나가 봤자 범죄 조직이니까."

국가 정보기관을 농락하면서 버티는 범죄 세력은 가상에서나 나오는 것이었다. 결국 한계는 언젠가 찾아오게 되어 있었다.

범죄 조직이 신경이 쓰였지만, 수현은 차분하게 기다릴 생각이었다. 기다리다 보면 알아서 무너지고 알아서 잡혀 들어갈 것이다.

그러나 일은 생각지도 못한 곳에서 일어났다.

아메스 평야의 엘프들에게서 연락이 온 것이다.

에단은 다급하게 수현의 도움을 요청했다. 문제가 생겼을 경우 미리 보내기로 약속한 문구를 보낸 것이다.

-도와줘! 문제가 생겼어!

원래 이쪽의 엘프들과는 동맹을 맺은 상태였다. 에단은 통신이 외부로 유출될 걸 두려워했는지 더 이상 자세한 말은 하지 않았다.

수현도 그 이상으로는 필요하지 않았다. 연락을 듣자마자 수현은 움직일 준비를 했다. 수현은 몇 명만 데리고 아메스 평야로 향했다.

"생각보다 멀쩡한데요?"

"그러게?"

수군거리는 대원들을 무시하고서 수현은 주변을 둘러보았다.

아메스 평야는 카메론에서 드물게 몬스터의 위협이 적은

곳이었다. 덕분에 인간도 꽤 많이 돌아다녔고.

물론 그렇다고 해서 다른 이종족의 영역에 함부로 침입할 수 있는 건 아니었다. 아메스 평야처럼 보는 눈이 많은 곳에서는 더더욱 그랬다. 중국 쪽에서 괜히 귀찮은 공작을 펼치는 게 아니었다.

"당연히 무슨 일이 일어났더라도 대놓고 일어나지는 않았겠지. 그런데 확실히 조금 이상하긴 하군. 너무 평화로운데. 일부러 그런 척을 하려는 건가?"

수현뿐만이 아니더라도 급할 경우 이 주변에는 도움을 요청할 세력이 의외로 많았다. 한국군만 해도 멀지 않은 곳에 부대가 있었으니까. 나중에 대가를 치러야 하는 게 싫어서 그렇지, 정말 급하다면 도움도 요청할 수 있었다.

'무슨 일인 거지?'

"팀장님께서는 여기 엘프들과 친하십니까?"

"적당히 친하지."

"대단하십니다!"

"뭐가?"

"여기 엘프들은 폐쇄적이지 않습니까? 필요한 것만 거래를 하고 그 외에는 외부인을 안 받지 않습니까?"

뒤에서 문서연의 말을 듣고 있던 루이릴이 귀를 쫑긋거렸다.

"뭐, 이종족들이 다 그렇지. 게다가 넌 군에 있었잖아. 인간들에 대해서 잘 아는 이종족들은 국가와 거래하는 걸 별로 안 좋아해. 괜히 목줄 걸리는 수가 있거든."

"그건 알지만 엘프들은 지나치게 폐쇄적입니다. 그래놓고 받을 건 다 받지 말입니다."

"저기, 뒤에 나 있거든?"

루이릴이 어이없다는 듯이 말했지만 문서연은 아랑곳하지 않고 어깨를 으쓱거렸다.

"저, 저, 저거……."

"얘가 솔직해서 그래."

"저거 온 지 얼마나 됐다고 편을 들어주는 거야?!"

그들이 떠드는 사이 엘프 중 하나가 수현이 온 것을 발견한 것 같았다. 보초는 주변을 두리번거리며 다급하게 달려왔다.

"오셨군요. 안으로 오시죠. 안내해 드리겠습니다."

"무슨 일이지? 설마 중국 쪽에서 또 찾아왔나?"

지금 중국 쪽에서 수현이 알 수 없게 새로운 작전이 벌어졌을 가능성은 별로 없었다. 우샹카이는 이미 수현의 노예나 다름없었고, 다른 파벌은 아네스 지역에서 벌어진 작전의 뒷수습 때문에 정신이 없었으니까.

그런 상황에서 무슨 일이 벌어진다면 수현의 귀에 들어오게 되어 있었다.

그렇지만 언제나 만약의 가능성이라는 건 있는 법. 수현은 긴장되는 마음으로 물었다.

"아뇨, 아뇨. 그런 게 아닙니다. 밖에서 할 수 있는 이야기는 아니고…… 일단 들어오시죠!"

"뭔 일이 있었던 건데 그래? 너희들은 밖에서 기다리고 있어."

"네?!"

"나 말고 다른 사람들이 듣는 걸 좋아하지 않을 거야."

문서연은 루이릴을 빤히 쳐다보았다. 루이릴은 다급하게 말했다.

"이건 내 잘못이 아니잖아?!"

"뭡니까, 대체?"

"……일단 이야기하기 전에 비밀 보장부터 해주겠나?"

"비밀 보장이요?"

"만약 자네가 안 해주더라도 밖에 이야기를 하거나…… 그런 짓은 안 하겠다는 약속 말이야."

"에단 씨, 제가 언제 비밀을 밖으로 유출한 적이 있었습니까? 그걸 아실 텐데 이러시는 건…… 확실히 뭔가 일이 있기는 있었군요."

에단은 어두워진 얼굴로 고개를 끄덕였다. 수현은 슬슬 생각이 달라지는 것을 느꼈다. 처음에는 이 주변에 무슨 위험의 징조가 느껴져서 그를 부른 줄 알았는데, 그게 아닌 것 같았다.

"우리는 꽤나 친하게 지내지 않았습니까. 비밀은 지켜드리겠습니다. 제가 여기서 들은 비밀을 갖고 몰래 뭘 해야 할 정도로 다급한 처지도 아니고……."

"그래, 자네는 확실히 그런 사람이었지. 내가 너무 초조해서 말실수를 했네. 그…… 무슨 일이 있었냐면 마을 근처에 침입자가 나타났었네."

"침입자요?"

가장 먼저 든 생각은 중국이었다. 그러나 그 생각은 에단의 다음 말을 듣자마자 사라졌다.

"침입자라고 하기는 조금 뭐하지. 지금 돌아온 에렌딜이 에이다와 같이 돌아다니면서 훈련을 하고 있는 건 알고 있나?"

"훈련하고 있었군요. 상태는 괜찮습니까?"

에렌딜은 태생적으로 강한 초능력을 갖고 있었다. 그거 때문에 수현과 같이 호수를 넘어서 숲의 엘프들을 찾아갔었고.

"그래, 형님께서 알려주신 대로 하니 상태가 많이 괜찮아졌지. 어쨌든 중요한 건 그게 아니라…… 훈련을 하고 있는데, 몇몇 인간이 접근한 모양이야."

"군인?"

"아니, 군인은 아니었네. 평범한 관광객 같은 복장이었지. 그들이 접근했고, 에이다는 물러서라고 말했지."

"설마 공격했습니까?"

"공격은 했지. 우리 쪽에서."

"……?"

"그들이 알겠다고 말하면서 물러섰는데 에렌딜이 그쪽을 공격했네."

"……!"

"전부 즉사했고."

"아이고."

수현은 혀를 찼다. 무슨 일인지 깨달은 것이다. 인간이 이종족을 죽여도 문제가 되지만, 그건 이종족이 인간을 죽여도 마찬가지였다. 인간 사회를 잘 아는 엘프들이였기에 그들이 무슨 짓을 저질렀는지 깨달은 것이다.

"신분 확인은 했습니까?"

"못 했네. 섣부르게 했다가 실수를 할지도 몰라서."

"에렌딜의 초능력이라면 힘 조절을 하기가 어려웠겠죠. 그나저나 이상한데요. 에렌딜이 그렇게 폭력적인 엘프도 아니고. 다짜고짜 공격을 하지는 않았을 겁니다."

"에이다가 조금 수상하다고 하기는 했지만, 그런 논리가 법정에서 통하겠나?"

"그건 가 봐야 아는 이야기죠. 물론 갈 생각도 없습니다만. 그냥 시체 숨기고 끝내죠?"

자기가 하고 싶은 이야기를 먼저 꺼내는 수현의 모습에 에단은 황당하다는 표정을 지었다.

같은 종족 맞나?

"아니, 그래도 되나?"

"뭐, 안 될 게 있습니까? 카메론은 넓고 시체 숨길 곳은 많은데. 몇 놈 사라진다고 해도 별일 없을 겁니다. 그리고 저는 에단 씨 생각보다 에렌딜과 에이다를 더 많이 믿고 있거든요. 에이다가 수상하다고 생각하고 에렌딜이 먼저 공격을 가했다면 멀쩡한 놈들은 아닐 가능성이 큽니다. 무슨 꿍꿍이가 있어서 근처를 얼쩡거렸겠죠."

"그래! 바로 그게 문제야."

에단은 주먹을 움켜쥐며 말했다.

"무고한 사람을 공격한 것도 문제지만, 무고한 사람이 아니라면 더 문제네. 만약 저놈들을 보낸 세력이 찾아온다면 어떻게 하지?"

수현은 아직 침입자들을 보지 못하고 정보만 들었지만 그들이 무고한 사람들이 아니라는 건 확신할 수 있었다.

일단 관광객들은 이종족들에 대한 엄격한 교육을 받았다. 괜히 접근했다가 공격당한다면 책임을 질 수 없다는 교육.

거기에 에렌딜과 에이다가 동시에 수상하다고 여겼다면 무고한 사람은 아닐 것이다. 에렌딜의 본능적인 감각은 생각보다 훨씬 날카로웠다.

"약점 잡았다고 생각해서 신나 하겠죠. 그렇지만 사실…… 이건 그렇게 걱정을 많이 할 일이 아닙니다."

온갖 작전과 공작의 달인인 수현의 눈에 이런 사건은 이렇게 호들갑 떨 일이 아니었다. 엘프들이야 경험이 없으니 당황스럽겠지만.

그냥 시체만 잘 치우고 시치미를 끝까지 떼버리면 상대방에서는 더 이상 약점이고 뭐고 잡을 게 없었다.

"받은 게 있으니 이 정도는 제가 깔끔하게 처리해 드리죠. 이후에 누가 찾아오면 그냥 잡아떼시기만 하면 됩니다."

"……그, 그런가? 정말 고맙네."

에단은 지금 그가 인간들 사이에서 명성이 높은 마법사와 대화하고 있는 건지, 아니면 프로 범죄자와 대화하고 있는 건지 헷갈릴 정도였다.

"일단 신원부터 확인해 보죠. 어디에서 온 뭐 하는 놈인지 알아야 깔끔하니까."

처음 보는 외국인들이었다. 아시아인이 아닌 유럽 계열 백인.

수현은 냉정한 시선으로 시체를 확인했다.

"이놈들, 관광객 아닙니다."

"음?"

"초능력자예요."

"……!"

미약하게 남은 기운을 파악할 수 있었다. 수현은 검시관처럼 능숙하게 시체를 조사해 나갔다.

'강화 수술은 받지 않았고. 초능력자에, 지갑에 신분증이나 카메론 등록증 같은 것도 없고.'

중국 쪽에서 고용한 외부인 같지는 않았다. 일단 중국에서 의심을 피하기 위해 백인들을 고용하기도 했지만 그럴 때는 꽤나 복잡한 조치가 취해졌다.

지갑에 신분증을 확인하는 건 그중 하나였다. 신분증이 없다는 건 대놓고 수상하다는 걸 의미했으니까. 중국 쪽에서 고용했다면 위조된 거라도 갖고 있었을 것이다.

'용병도 아닌 것 같은데…….'

손을 보니 꽤나 무기를 쓴 것 같았다. 보통 용병들 사이에서 초능력자는 무기를 쓸 일이 별로 없었다. 초능력자는 초능력 사용에만 집중하게 해주고, 비초능력자들이 무기를 쓰는 게 정석이었다. 예외가 있었지만 여기 있는 놈들은 전부 무기를 썼던 것 같았다.

'회장한테 부탁해 봐야겠군.'

권력과 인맥은 쓰라고 있는 것이었다. 저번에 FBI하고도 친하게 지냈다는 말을 했으니 사람 얼굴 찾는 것 정도는 일도 아닐 것이다.

"그러면 이 시체는 제가 처분해 드리겠습니다."

"정말 고맙네……!"

수현은 이 시체들을 갖고 가서 아티팩트로 만들어버릴 생각이었다. 수현이 그런 생각을 하고 있는 건지도 모르고, 에단은 정말로 고마워했다.

그들을 위해 인간 사회의 법을 어길 생각까지 하다니!

"이 안에 뭐가 든 거죠? 엘프들이 선물이라도 줬나요?"

"선물 비슷한 거지. 조심해서 다루라고."

수현이 짐 안에 뭘 넣고 다니든 그를 막고 확인하겠다는 사람은 없었다. 손쉽게 직원 사이를 통과하면서 수현은 한심하다는 듯이 혀를 찼다.

'유명하다고 믿으면 안 된다니까. 이렇게 해이해서야.'

시체들은 아티팩트가 되기 위해 준비 과정에 들어갔다. 그러는 동안 수현은 회장의 답을 기다렸다.

'제가 이런 놈들의 신분이 궁금한데, 제가 이놈들을 죽였을 수도 있고 아닐 수도 있으니 나중에 문제가 생기지 않도록 조심스럽게 물어봐 주십쇼' 하고 연락을 보냈던 것이다.

─그놈들, 어디서 본 놈들인가?

"예?"

─말 돌리지 말게. 이건 심각한 문제니까.

"무슨 일입니까?"

─그놈들은 지금 범죄자로 수배된 놈들이야. 내가 저번에 말했던 범죄 조직 있지? 거기에서 활동하는 놈들이라고.

"……!"

생각지도 못한 이름이 튀어나왔다.

"초능력자 납치 조직에서 일하는 놈들이라고요?"

─그래, 그러니까 그놈들 어디서 봤는지 말하게. 담당자가 나한테 정보를 달라고 성화잖나!

"어…… 죽여서 몬스터한테 던졌습니다만."

─%^$%*$*!

욕설이 튀어나왔다. 수현은 고개를 멀리 떨어뜨렸다.

–아니, 그렇게 처리를 하면 어떻게 하나!

"오래 갖고 있어봤자 좋을 게 없을 놈들이니 그렇게 처리를 했습니다. 그런 놈들인 줄은 몰랐죠. 수상하다고는 생각을 했는데……."

–어디서 봤지?

"아메스 평야 쪽에서 만났습니다."

–거기라면…….

"엘프들. 엘프들이 있죠. 엘프들은 아티팩트도 갖고 있으니……."

노릴 이유로는 충분했다. 게다가 인간보다 사라져도 덜 까다로웠으니.

–지금 당장 움직여야 하지 않나?

"어떤 이유에서 보냈든지 간에 조직원이 아예 증발해 버렸으니 바로 대응하지는 못할 겁니다. 제가 그쪽으로 가겠습니다."

–지원이 필요한가? 그쪽 주변에 아는 사람들에게 연락해 놓을 수 있네.

"필요하면 그때 말하겠습니다. 아직은 어떻게 될지 모르는 일이니까 말입니다."

수현은 자리에서 일어섰다. 생각지도 못하게 부딪히게 되었다. 설마 했는데 이렇게 만나게 되다니.

'어떻게 덫을 놓을까?'

만나게 된 이상 넘어가 줄 생각은 없었다.

깔끔하게 잡고…….

'아티팩트를 꽤 많이 챙겼다고 했지?'

보상을 받을 생각이었다. 인공 아티팩트 프로젝트를 진행하면서 아티팩트도 꽤나 많이 필요할 것이다. 지금 갖고 있는 양도 다른 곳과 비교한다면 훨씬 많았지만, 아티팩트는 많으면 많을수록 좋았다. 회장의 지원을 거절한 것도 이런 이유에서였다.

'나눠 가지면 양이 줄잖아?'

66장
인공 아티팩트(2)

일단 상대의 정체를 알았으니 그에 따른 대처를 해야 했다.

수현은 가장 먼저 에단에게 연락을 시도했다.

"좋은 소식과 나쁜 소식이 있습니다. 뭐부터 들으시겠습니까?"

─……? 어, 나쁜 소식부터 들겠네.

"나쁜 소식은, 제가 가지고 간 그놈들의 신분이 밝혀졌다는 겁니다. 그냥 아무것도 없는 놈들이 아니더군요. 좀 많이 사악한 놈들 같아요."

─좀 많이 사악하다니?

"전문적인 범죄 조직이라는 거죠."

에단의 표정이 어두워졌다. 탐욕스러운 인간이 어디까지

위험해질 수 있는지 그는 잘 알고 있었다. 카메론에 인간이 진출하고 일으킨 사건 사고들은 이종족이 인간을 경계하게 된 이유 중 하나였다.

그렇게 규제를 하는데도 꾸준히 사건 사고가 터지는데 어떻게 믿을 수가 있겠는가?

ㅡ그러면 좋은 소식은 뭐지?

"아, 그 범죄자 놈들이 저지른 게 많아서, 가지고 있는 게 좀 많을 것 같습니다. 만약 그놈들을 잡으면 놈들이 갖고 있는 걸 뜯어낼 수 있을 것 같네요."

ㅡ…….

"농담입니다. 좋은 소식은 그놈들이 수배된 범죄자란 거죠. 죽였다고 해서 처벌을 받지는 않을 겁니다."

생각해 보니 불행 중 다행이었다. 에단은 한숨을 내쉬었다.

ㅡ그나마 다행이군.

"그렇죠. 에이다도 그렇지만 에렌딜의 눈은 무시할 게 못 됩니다. 뭔가 좀 특별한 감각이 있어요."

ㅡ에렌딜은 원래 조금 특별했지.

"바로 찾아오지는 않을 테지만, 아마 연락이 되지 않는다면 슬슬 징조가 나타날 겁니다. 경계를 올리시는 게 좋을 겁니다. 저도 몇 가지 준비를 해놓죠."

－그래, 정말 고맙네.

솔직히 수현에게 이 범죄자들은 우습게 느껴질 뿐이었다. 중국 특수부대는 거대한 국가의 지원과 신기술을 등에 업고 싸웠다. 그에 비해 이 범죄자들은 일개 군소 조직에 불과했다. 지금보다 약했을 때도 더 강한 적과 싸워왔는데 이제 와서 더 약한 적이 우스워 보이지 않을 리가 없었다.

까다로운 점은 단 하나. 상대방이 더 꼼꼼하게 숨어 있다는 점 정도.

그러나 그것도 해결할 방법이 있었다. 그들은 지금 수현이 노리고 있다는 걸 눈치채지 못했을 테니까.

"슬슬 준비를 시작해 볼까……."

"아니, 난 됐다니까? 고마운데 이미 난 들어왔다고. 진짜로 들어왔어! 이 자식아! 사진을 찍어달라고? 여기가 어디라고 사진을 찍어 보내? 너 미쳤냐? 무슨 소리 하는지 알겠는데, 나 진짜 엉클 조 컴퍼니 들어왔어! 네가 안 도와줘도 괜찮다고!"

"뭐야?"

"아, 팀장님."

시끄럽게 떠들던 로렌스는 수현을 보자마자 기겁해서 통신을 껐다. 그는 죄송하다는 듯이 고개를 숙였다.

"가족인가?"

"아, 아닙니다. 가족은 아니고요. 대학교 동창인데, 제가 여기에 들어오게 됐다는 걸 안 믿어서요."

수현이 사람을 구한다는 말에 내로라하는 초능력자가 모두 몰려왔다. 그런 상황에서 로렌스가 뽑혔으니 친구가 믿지 못할 법도 했다.

"나중에 보여주면 되지 않나? 그보다 도와준다는 건 무슨 소리지?"

"아, 원래 이 친구가 절 도와주기로 했었거든요."

로렌스는 카메론에서의 초능력자로는 한계를 느끼던 참이었다. 그의 초능력은 전투용으로는 애매했고, 그렇다고 비전투용으로 뛰어난 것도 아니었으니까.

마지막 도박이란 심정으로 엉클 조 컴퍼니에 심사를 신청했고, 운 좋게 받아들여진 것이다. 그는 들어오고 나서도 한동안 그가 엉클 조 컴퍼니의 멤버가 되었다는 걸 믿지 못했다.

그때 연락을 해온 게 그의 친구, 제이슨이었다. 제이슨은 지구에서 그의 초능력을 쓸 일자리가 있다고 그를 꼬드겼다. 로렌스도 솔깃하기는 했지만 일단 카메론에서 조금 더 기회를 잡아보려고 했기에 거절했었다.

만약 수현에게 거절당했다면 지구로 갔을 것이고, 지구로 갔으면 제이슨에게 먼저 연락을 했을 것이다.

"일자리? 무슨 일자리지?"

"그건 안 물어봤습니다. 제 초능력을 활용할 수 있는 일자리라는 말만 들었어요."

"원래 너는 여기서 탈락했으면 지구로 갈 생각이었지?"

"예? 어…… 어떻게 아셨습니까?"

수현의 표정이 심각해졌다.

다른 사람이면 모를까 로렌스는 원래라면 나중에 크게 사고를 치는 놈이었다. 그렇다면 저 제이슨이라는 놈은 쉽게 넘길 수가 없었다. 어떻게든 연결고리가 있을 것이다. 나중에 일어나는 폭동과 관련된 연결고리가.

'로렌스의 초능력을 어떻게 쓴다는 거지?'

환상을 보여주는 초능력은 아무리 생각해 봐도 악용할 소지가 넘쳐 났다. 초능력자가 정신을 집중하면 깨질 정도의 조잡한 환상이었지만 일반인 상대로는 충분했으니까.

게다가 몇 가지 조작을 한다면 더 활용할 수 있었다.

수현은 약한 초능력을 다양하게 쓰는 방법에 있어서는 전문가였다.

"그 제이슨이라는 친구, 지금 어디에 있지?"

"예? 아, 지금은 리틀 워싱턴에 있을 겁니다."

리틀 워싱턴. 카메론에서 미국이 세운 도시였다.

"너를 마중 나온 건가?"

"마중도 나오고, 거기서 처리할 일도 있다고 해서……."

"친구가 뭐 하는지는 모르고?"

"……예, 사실 그렇게 친한 건 아닙니다."

로렌스는 민망하다는 듯이 뒷머리를 긁적거렸다. 제이슨이 먼저 연락하지 않았다면 그와 만날 일도 없었을 것이다. 그 정도의 사이였다.

"좋아. 친구가 못 믿겠다니 증거를 보여주면 되겠군."

"예? 여기 사진 찍어도 됩니까?"

"아니, 내가 직접 간다."

"……?!"

"약속을 잡아. 둘이 같이 만나자고."

"그, 그런…… 그러실 것까지는 없습니다!"

"왜, 동창한테 멋있는 모습 보이고 싶지 않나?"

"그렇긴 한데 팀장님 시간을 뺏어서까지 하고 싶지는 않습니다!"

"괜찮아, 괜찮아."

수현은 로렌스의 등을 두드리며 말했다. 로렌스는 사색이 되었지만 수현의 태도는 굳건했다.

그는 떨리는 손으로 제이슨에게 연락해서 약속을 잡았다.

"좋아. 그러면 가 보자고."

카메론의 도시라고 딱히 다른 건 없었다. 게다가 차원문 소란 이후로는 인구가 대폭 늘어서 번화가를 보면 거의 지구와 차이를 느낄 수가 없었다.

제이슨은 카페의 구석에 앉아 친구가 오기를 기다리고 있었다.

'엉클 조 컴퍼니에 들어가다니. 대체 그게 무슨 소리지?'

로렌스는 예전부터 점찍은 인재였다. 써먹기 좋은 초능력에, 사람의 성격도 다루기 좋았다. 적당히 무르고 겁이 있어서 약점을 쥐고 협박하면 절대 벗어나지 못할 것이다.

게다가 카메론에서 활약하기 힘든 초능력이라는 것도 금상첨화였다.

그에게 지구로 오면 일자리를 찾아준다고 계속 러브콜을 보냈는데, 계속 미적거리다가 연락이 온 것이다. 엉클 조 컴퍼니에 들어갔다고.

'거기 마법사가 미쳤나? 대체 로렌스 같은 놈을 어디에 쓰려고?'

아무리 생각해 봐도 이유를 알 수가 없었다. 로렌스가 거짓말을 하나 싶었지만, 들키기 쉬운 이런 거짓말을 할 것 같지는 않았다.

'아무리 쪽팔리고 자존심이 있어도 그렇지, 거짓말을 해도 엉클 조 컴퍼니는 아니잖아?'

다른 대형 용병 회사에 들어갔다는 거짓말을 하면 모를까, 유일한 인간 마법사가 있는 회사는 너무 노골적이었다. 그래서 오히려 믿음이 갔다.

만약 진짜 들어간 거라면…….

제이슨의 머리가 바쁘게 회전했다.

'어떻게 해야 좋을까?'

김수현은 뜨거운 감자였다. 잡을 수만 있다면 정말 좋겠지만, 건드리기에는 너무 거물이었다. 이클립스의 초능력자 잭도 잡는 데 실패한 상황에서 김수현을 잡는 건 너무 리스크가 컸다.

게다가 요즘 감시망이 점점 더 좁혀오고 있었다. 위에서도 주의하라는 지시가 있었다.

'잘 설득해서 아티팩트를 빼돌리는 건…….'

최대한 안전하게.

그런 식으로 제이슨이 계획을 세우는 사이 카페의 문이 열렸다. 저 멀리 로렌스의 얼굴이 보였다.

"아, 왔……."

그리고 한 명 더. 어디선가 본 것 같은 얼굴.

김수현이었다.

"어?"

"티 내지 말고, 내가 시킨 대로만 해라."

수현이 했던 말을 떠올린 로렌스는 침을 삼켰다. 처음으로 수현 앞에서 그의 능력을 보여줄 수 있는 일이었다. 왜 이런 일을 시키는지 알 수는 없었지만…….

"이야, 반갑다! 네가 못 믿어서 내가 팀장님한테 부탁했지. 괜찮으시다면 같이 좀 와달라고."

"어, 어어. 어어어, 어어어어?"

제이슨은 떠듬거리며 고개를 끄덕였다. 너무 당황스러워서 혀가 말을 듣지 않았다.

수현은 웃으면서 손을 내밀었다.

"반갑습니다. 김수현입니다."

제이슨은 머리를 밀고 안경을 낀 백인 청년이었다. 날카로운 인상이 눈에 띄었다.

그는 어떻게든 당황스러움을 숨기고 대답했다.

"반, 반갑습니다. 제이슨입니다."

'이런 미친 새끼!'

제이슨은 로렌스의 멱살을 잡고 싶었다. 자기가 못 믿으면 증거를 보여주거나, 여기 와서 다른 식으로 증거를 보여주면 되지 왜 김수현을 직접 데려온단 말인가!

'아, 진짜…… 저 미친놈이 뭘 한 거야.'

덕분에 세워놨던 계획이 모두 망가지게 생겼다.

원래라면 로렌스를 잘 구슬려서 내부 정보나, 아티팩트 같은 걸 빼돌리게 할 생각이었는데 이런 식으로 김수현과 직접 마주치게 된다면 그런 게 아예 불가능했다. 뭘 시도하는 순간 바로 의심을 받게 될 테니까.

게다가 김수현은 로렌스처럼 결코 만만한 사람이 아니었다. 이미 소문으로 들어서 알고 있었다.

'젊은 괴물이라던데…….'

안에 구렁이 몇 마리는 넣고 다니는 괴물.

단순히 마법사라는 타이틀에 눈을 뺏기지 말라는 말도 들었었다.

로렌스는 자리에 앉으면서 속으로 안도의 한숨을 내쉬었다.

'이 정도면 괜찮겠지?'

수현은 일단 제이슨이 의심하지 않도록 호들갑을 떨라고 지시했다. 수현을 데리고 와서 유세를 떨며 자랑하는 놈으로 보인다면 딱이었다.

"내가 말했지? 나 엉클 조 컴퍼니에 들어갔다고."

"그, 그래."

원래 로렌스가 이렇게 활기찬 놈이 아니었는데.

들어가고 나니 성격도 바뀐 것 같았다. 로렌스는 최대한 활기찬 목소리로 말했다.

"그런데 넌 여기 무슨 일로 왔냐?"

"어, 있어. 회사 일."

"오, 무슨 일이죠?"

수현은 궁금하다는 듯이 물었다. 제이슨은 그 질문에 식은 땀을 흘렸다.

"별거 아닙니다. 김수현 씨가 관심을 가질 정도도 아니고…… 작은 회사인데 이번에 리틀 워싱턴에 있는 업체에 가서 확인을 해야 하거든요."

"뭘 다루시는데요? 이렇게 만난 것도 인연인데, 제가 도와드릴 수 있으면 도와드리겠습니다."

수현을 아는 사람들이 봤다면 눈을 크게 떴을 것이다.

수현이 저렇게 친절하게 나오다니!

얻을 게 없다면 회장이라도 단칼에 내치는 게 수현이었다.

"아, 정말 괜찮습니다. 안 도와주셔도……."

덜컥!

로렌스는 실수로 물을 앞으로 엎질렀다. 그는 당황해서 손을 흔들었다.

"미, 미안!"

"야! 이런…… 잠시 좀 말리고 오겠습니다."

차라리 잘됐다. 수현이 더 깊게 물어볼까 두려워하던 제이슨은 식은땀을 흘리며 화장실로 피신했다. 그가 사라지자마자 수현은 그의 가방을 집어 들었다.

"팀장님?!"

"왜."

"뭐 하시는 겁니까?!"

"확인한다."

"그러시면 안 되죠!"

"왜 안 되는데?"

"어……."

"네가 누구 부하지?"

"팀장님이요."

"그러면 망이나 봐. 역시, 예상대로군."

회사원이라고 하기에는 짐이 지나치게 없었다. 가방 안에는 아무것도 없었다.

"아무것도 없잖습니까?"

"눈치가 없군. 무게를 봐라. 아무것도 없을 리가 없지. 비밀 공간이 있는 가방을 쓰면서 무게를 안 맞추다니, 생각보다 멍청한 놈이네."

수현은 바로 가방 아래에 있는 비밀 공간을 찾아냈다. 거기에 들어 있던 건 반지형 아티팩트 하나, 소형 권총 하나. 그리고 밀봉된 사각형 팩이었다.

"이건 뭡니까?"

"변장 도구. 아무래도 네가 친구를 잘못 사귄 것 같은데."

수현은 뭔지 바로 알아봤다. 그도 몇 번 쓴 적 있던 장비였다. 확인이 끝나자 수현은 가방을 바로 원래대로 돌려놓았다.

"친구 오면 일어나자고 해."

"예, 예."

제이슨이 돌아오자 로렌스는 미안하다는 표정으로 말했다.

"저기, 팀장님도 그렇고 우리가 급한 일이 생겨서 먼저 일어나야 할 것 같은데…… 나중에 다시 만나도 괜찮을까?"

"급한 일? 그게 무슨 일…… 아니, 괜찮지! 그래!"

호기심보다는 이 자리에서 빠져나가고 싶은 마음이 앞섰다. 제이슨은 맹렬히 고개를 끄덕였다.

"그러면 같이 일어나죠."

수현은 친절하게 미소를 지으며 제이슨과 같이 카페의 문을 나섰다. 어찌나 친절한 미소였는지, 제이슨은 카페를 나와 골목을 도는 순간까지도 의심을 조금도 하지 못했다.

퍽!

"차에 실어라."

"……."

로렌스는 질린 표정으로 수현을 쳐다보았다.

그는 엉클 조 컴퍼니에 들어오기 전, 수현에 대한 환상을 갖고 있었다.

인류 최초의 마법사! 젊은 나이에 초능력자들 사이에서 정점에 오른 괴물!

뭔가 인류의 가장 앞에 서서 저 험난한 카메론을 개척하는 영웅 같은 이미지였던 것이다.

그런데 실제로 보니…….

'범죄자에 가까운데?!'

"무슨 생각 하나?"

"예? 아, 아무것도 아닙니다!"

범죄자든 뭐든 수현이 그에게 기회를 준 건 달라지지 않았다. 로렌스는 괜히 입을 놀려 기회를 날려 버리는 멍청이가 아니었다.

"죽은 건 아니죠?"

"걱정 마. 힘 조절했다. 안대 채우고 전자식 수갑 채워. 그 위는 옷으로 덮고. 그 정도면 될 거다."

"아, 검문은 어떻게……."

"미국이나 한국에서 날 잡고 검문하지는 않지."

수현은 자신 있게 말했다.

그리고 그것은 사실이었다.

"아, 김수현 씨. 반갑습니다."

직원은 눈까지 찡긋거리며 인사했다. 도시 밖으로 나가는 데 이렇게 허술하게 검문을 할 줄은 몰랐다.

로렌스는 황당하다는 듯이 직원을 쳐다보았다.

일 이렇게 해도 되는 거야?

한국이나 미국에서 수현을 잡고 오래 시간을 끌 정도로 간이 큰 사람은 없었다.

미국에서 나타난 몬스터를 수현의 능력으로 처리해 준 게 얼마 되지도 않은 상황. 미국에서 수현을 VIP로 극진하게 모시는 건 당연했다. 언제 또 필요해질지 모르는 상황이었으니까.

게다가 중국, 러시아와 달리 미국은 수현이 이민을 올 가능성을 완전히 놓지 않고 있었다. 회장과의 인연도 있는 데다가 두 국가 사이는 우호 아닌가.

물론 한국 쪽에서는 항의를 하겠지만, 한국의 항의가 무서워서 수현을 못 데리고 올 정도로 미국이 얌전하지는 않았다.

무조건 자국의 이익이 우선!

"저 사람…… 저래도 되는 겁니까?"

"……?!"

일 너무 허술하게 하는 거 아니냐고 생각했지만, 실제로 직원이 뒤에 쓰러진 제이슨을 가리키자 로렌스의 심장을 덜컥 내려앉았다.

"네, 네?"

"아니, 김수현 씨가 옆에 탔는데 부하가 편하게 자요? 아무리 마법사가 편하게 대해준다고 해도 그렇지!"

"……."

로렌스가 다시 한번 당황하고 있을 때 그를 도와준 건 수현이었다. 수현은 고개를 저으며 말했다.

"내버려 두세요. 일 때문에 조금 피곤한 모양입니다."

"김수현 씨는 너무 친절하신 것 같습니다. 네, 지나가세요."

차가 출발하고 나서 로렌스는 길게 한숨을 내쉬었다.

"후우……."

"뭘 그렇게 긴장하고 그러나?"

'팀장님 때문이거든요?'

"차 뒷좌석에서 시체가 있어도 나한테 문제가 생기지는 않을걸."

오만할 정도로 자신감에 찬 수현의 발언. 로렌스는 납득할 수밖에 없었다. 실제로도 그럴 것 같았다.

"어? 저는요?"

"어…… 너는…… 뭐, 잡혀가면 내가 빼내줄게."

"……."

일어났을 때 제이슨이 느낀 건 암흑이었다. 눈이 가려지고, 팔다리는 묶여 있었다. 어디에 있는 건지 알 수가 없었다.

"제이슨, 일어났나?"

"……!"

이 목소리를 잊을 리 없었다. 수현의 목소리였다.

"이, 이게 무슨 짓입니까!"

"글쎄. 네가 맞혀봐라. 내가 지금 뭘 하고 있는 걸까?"

금속성의 소리가 옆에서 부딪히는 게 들렸다. 본능적으로 사람의 마음을 움츠리게 하는 소리였다.

"이건 범죄입니다! 당신을 고소하겠습니다!"

"고소라. 고소도 일단 밖에 나가야 할 수 있는 거 아닌가? 난 널 밖에 내보내 준다고 한 적 없는데."

"……!"

등에 식은땀이 흘렀다.

"대체 나한테 왜 이러는 겁니까?"

"그건 스스로한테 물어봐라. 내 생각에, 네가 고소를 할 것 같지는 않아. 너도 꽤나 겁내는 게 많은 것 같거든. 왜 가방에 그런 수상쩍은 도구들을 들고 다니나?"

"……."

"대답 안 하려고? 이미 이것만으로도 FBI 같은 사람들은 널 스파이로 엮어서 넣을 수 있어. 내가 부탁하면 충분히 해 주겠지. 그런데 나는 그럴 생각이 없다."

"으허억?!"

소름 끼치는 느낌이 올라왔다. 제이슨이 신음했다.

"나는 네가 좀 더 많은 걸 알고 있을 것 같아. 특히 나한테 이익이 되는 거 말이야. 아, 혹시 고문에 대비한 훈련을 받은 적 있나?"

"……?"

"없나 보군. 하긴, 특수부대도 아니고 범죄자들이 그런 훈련을 받으면서 지낼 리가 없지."

일국의 특수부대보다 더 규율이 엄격하고 철저한 범죄 조직은 허상에 불과했다. 세상에 그런 조직이 있다면 그게 왜 범죄 조직이겠는가?

"그러면 5분이면 끝나겠네."

계속 침묵을 지키던 제이슨은 순간적으로 물었다.

"뭐, 뭐가 5분? 크아아아아악!"

"내가 원래 이런 거에 좀 전문가야. 잘못 잡혔다고 생각해라."

3분 후, 제이슨은 눈물과 콧물을 흘리면서 그가 알고 있는 것을 토해내기 시작했다.

"그, 그게요. 제가 정말…… 저는 정말 시켜서 한 겁니다. 나쁜 건 리차드라는 놈입니다! 그놈이 우두머리예요! 저는 그놈이 시켜서 한 겁니다! 진짜입니다!"

"그래, 그래. 리차드라는 놈이 나쁘다고? 알겠어. 더 말해 봐. 또?"

리차드는 흔한 이름이었다. 아마 가명이 분명했다.

"예? 뭘 더……."

"아는 게 없어? 기억력이 좋지 않은가 보군. 알겠어. 기억력을 더 좋게 만들어줄게."

"말, 말하겠습니다! 저 기억력 좋아요! 어, 그러니까 리차드는 로스앤젤레스에서 만났어요! 주기적으로 돌아다니는 놈이지만 만날 때는 언제나 로스앤젤레스에서 만났으니까 거기에 있을 거예요!"

"로스앤젤레스?"

"네!"

로렌스가 참가한 초능력자 폭동이 로스앤젤레스에서 일어났다는 걸 생각해 본다면 대충 아귀가 맞았다.

'로렌스가 저놈한테 속아서 들어간 다음, 조직의 얼굴로 활동한 건가? 그렇다면 폭동은…… 아, 그런 거군. 결국 꼬리가 잡혔나.'

저렇게 거칠게 활동하는데 정부 조직이 그들을 추적하지 못할 리 없었다. 결국 들통이 난 것이다.

그렇지만 막대한 자금과 조직원, 초능력이라는 무기를 갖고 있는 범죄 조직이 쉽게 체포당할 리는 없는 법. 그들은 대대적으로 저항한 게 분명했다. 그 결과가 폭동이었고.

'그러면 미국 정부는 왜 숨긴 거지? 그 정도 폭동이라면 차라리 원인을 밝히는 게 수습이 쉬웠을 텐데.'

폭동에 대한 원인이 정확하게 밝혀지지 않아서 한동안 음모론이 나올 정도였다. 수현은 그 이유를 깨달았다.

'이 인간들…… 아티팩트를 독식했구나……!'

그들이 갖고 있는 아티팩트와 어느 정도인지는 모르겠지만 새로 만들고 있는 아티팩트들.

전부 다 원주인이 밝혀지면 돌려보내야 할 물건들이었다. 미국 정부는 그걸 숨기고 독식한 것이다.

'이 인간들 머리 잘 쓰네. 하긴 나 같아도 독식했겠지만…….'

다 주인을 찾아서 돌려주기에는 너무 아까운 물건들이다.

수현은 고개를 끄덕였다. 상황이 맞춰져 가고 있었다.

"그러면 너는 여기 왜 왔지?"

"한 놈이 연락이 안 돼서 찾으러 왔습니다! 톰슨이라는 놈인데, 놈은 화물을 찾는 역할을 맡고 있었거든요!"

톰슨은 돌아다니면서 만만한 먹잇감을 찾는 사람이었다. 상대가 싸워서 이길 만한지, 아티팩트를 많이 갖고 있는지.

이클립스의 잭을 만만히 보고 덤볐다가 대참사가 일어난 이후로 그들은 더 조심스러워졌다. 나름 정예가 덤볐는데 그대로 갈려 나간 것이다.

인력과 자원은 무한하지 않았다. 그들이 나름 비밀리에 기업들한테 지원을 받고 있다지만 효율적으로 사용해야 했다.

"그 톰슨이라는 놈이 혹시 아메스 평야로 갔나?"

"아메스 평야요? 그건 모르겠습니다만……."

제이슨은 주절주절 설명했다. 말하는 걸 들어보니 톰슨은 꽤나 높은 지위였던 모양이었다. 많은 권한을 갖고 있었고, 그렇기에 연락도 그렇게 자주 하지 않았다. 대충 다 모았다 싶으면 한 번 연락이 오는 수준이었다. 그런데 이번에는 너무 늦게 오니, 제이슨이 직접 연락을 해서 접선을 하러 온 것이었다.

"톰슨이라는 놈이 꽤 대단한 놈인가 보군."

"저…… 저희 조직에서는 손가락 안에 드는 초능력자였습니다."

"범죄 조직에서 손가락 안에 들어봤자지."

수현이 비웃자 제이슨은 따라서 헤프게 웃었다. 원래라면 화를 냈겠지만 지금은 그럴 때가 아니었다.

"하, 하하. 정말 그러네요."

"생김새가 어떻게 생겼지?"

"어…… 그러니까, 어떻게 생겼냐면…….."

수현이 봤던 그 시체와 정확히 일치했다.

'아니, 그래도 나름 조직에서 손가락 안에 든다는 놈이 에렌딜한테 즉사한 거야?'

초능력자면 다른 초능력에 대한 저항력도 강하다. 에렌딜의 초능력이 아무리 살기 넘치는 초능력이라고 해도 그렇지, 저런 걸 무시하고 그대로 즉사시켜 버리다니.

'생각보다 별놈이 아니었나?'

"그러면 조직은 리틀 워싱턴에 조금, 평양에 조금, 로스앤젤레스에 조금, 이렇게 나뉘어 있나?"

"예!"

"훔친 아티팩트는 어디에 보관하고?"

"대부분은 로스앤젤레스에…… 그건 리차드가 압니다. 전 정말 모릅니다! 진짜예요!"

제이슨은 수현이 그의 말을 안 믿을까 봐 필사적이었다.

"리틀 워싱턴이나 평양에 있는 놈들은 어차피 행동대원 수준이겠지. 거기에 많은 걸 보관하지는 않았을 거고."

추측대로 초능력자를 납치해서 아티팩트를 뺏고 인공 아티팩트 연구를 하는 것이 맞았다. 그 연구를 비밀리에 지원하는 건 몇몇 대기업이었고.

제이슨은 최대한 많은 걸 털어놓았지만, 만족스러운 수준은 아니었다. 그는 후원하는 기업의 이름도 몰랐다.

"좋아. 일단 그놈을 잡으면 무언가 나오겠지."

"예?"

"리차드라는 놈이 대장이라며? 거짓말이었나?"

"아닙니다!"

"그놈을 만나게 해줘."

"그…… 그러면 저는 풀어주시는 겁니까?"

"아직 맛을 덜 봤나 보군."

"아, 아니. 그런 뜻이 아니라……."

"좋아. 그놈만 잡으면 넌 송사리에 불과하니까, 풀어주지."

수현은 말과 함께 제이슨의 명치를 찔렀다.

"컥!"

"독을 넣었다. 해독하려고 하지는 마. 이제까지 시도한 놈이 몇 명 있었지만 전부 죽었거든. 리차드를 만나게 되면 풀어주지."

묶인 손을 풀어주자 제이슨은 헐떡이며 물었다.

"그, 그런데…… 리차드는 꽤나 조심스럽습니다. 외부인이 있으면 결코 만나지 않을 겁니다."

"너는 어떻게 만나는데?"

"제가 먼저 연락을 한 다음 약속 장소에 나가 있으면, 리차드가 확인을 합니다. 사전에 말한 것과 다른 게 있는지. 만약에 조금이라도 달라지면 나오지 않습니다. 저번에 약속 장소에서 아는 사람을 우연히 만났는데 리차드가 나오지 않더군요. 그 정도입니다."

"아는 놈만 있어야 한다 이건가?"

"예."

"톰슨을 써야겠군."

"……?"

톰슨이 잡혔단 말인가?

제이슨은 내심 납득했다.

이놈이 먼저 불었구나!

"리차드도 초능력자인가?"

"예? 아마 그럴 겁니다. 아티팩트를 잘 썼거든요."

"무슨 초능력인지는 모르고?"

"예……."

"너 조직에서 얼마나 밑이었던 거냐?"

"나, 나름 위였습니다만……."

쇠는 달궈졌을 때 두드려야 했다. 수현은 이런 일을 진행하면서 상대방에게 시간을 많이 줄 생각이 없었다. 시간을 많이 주는 순간 대비할 여유가 생겼다. 상대가 당황해서 생각을 하지 못하도록 몰아쳐야 했다.

"그놈 시체! 그놈 시체 내놔!"

"……?!"

연구소에 넘겼던 톰슨의 시체를 급하게 찾은 다음 아티팩트로 일으켜 세웠다. 대화만 하지 않으면 감쪽같았다.

그다음으로는 수현이 변장을 했다. 워낙 유명 인사였기에 미국 본토로 들어가면 소문이 퍼질 수 있었다. 리차드가 그렇게까지 연줄이 있을 거라고는 생각되지 않았지만 조심은 해야 했다.

수현은 로렌스와 제이슨만 데리고 이번 일을 해결할 생각이었다. 만약의 상황을 대비해 준비도 마친 상황.

"로렌스를 데리고 왔다고 연락해. 톰슨도 같이. 설마 이런 상황에서 의심하지는 않겠지?"

"예, 톰슨도 있으면 의심은…… 그런데 왜 말이 없습니까, 톰슨 씨?"

"시끄럽고. 네 일에만 집중해. 들키는 순간 너부터 죽는다."

톰슨의 시야로 수현도 볼 수 있었다. 굳이 약속 장소인 작은 레스토랑 안까지 들어갈 필요가 없었다. 수현은 건너편 도로에서 차 안에 머물렀다.

'아무래도…… 이 레스토랑도 뭔가 있나 본데.'

손님들이 적고, 그나마 있는 손님도 뭔가 느낌이 이상했다. 제이슨과 로렌스를 힐끔힐끔 쳐다보는 것 같았다.

조직과 관련된 놈들이 분명했다. 다른 손님이 들어오면 바로 눈치를 챌 수 있도록 배치한 것이다. 고전적인 방법이었다.

'톰슨을 일으키길 잘했군.'

셋이 자리에 앉고 시간이 조금 지나자 뒤편에서 웅성거리는 소리가 났다.

들어온 건 평범한 인상의 남자였다. 그는 들어오자마자 무표정한 얼굴로 주변을 둘러보았다. 그리고 안색이 바뀌어서 뒤로 물러섰다. 동시에 부하들에게 무언가를 급하게 지시했다.

"······!"

시체를 통해 시각을 공유하고 있던 수현도 당황했다.

상대방이 알아차린 것일까?

"처리해!"

"나머지는 길을 막아! 대장을 지켜!"

바로 꺼내지는 총기들. 제이슨이 있음에도 불구하고 그들은 바로 총구를 겨눴다. 제이슨과 로렌스는 비명을 지르며 엎드렸다.

상대방이 눈치챘다!

'젠장, 너무 얕봤나?'

톰슨의 시체가 강렬한 빛을 뿜어내며 방어막 아티팩트를 가동시켰다. 에멜늄을 안에 내장시켜 둬서 가능한 일이었다.

"제이슨, 너 이 자식! 어떻게 된 거냐! 배신이냐!"

"다짜고짜 총을 갈긴 놈이 할 소리냐!"

제이슨도 울컥했는지 총을 꺼내 응사했다. 비명을 지르며 한 명이 고꾸라졌다. 순식간에 작은 레스토랑 안이 난장판이 됐다.

수현은 그가 무슨 실수를 했는지 깨달았다. 저 리차드라는 놈의 동작을 봤을 때, 놈은 톰슨을 보고서 무언가 이상하다는 것을 깨달은 게 분명했다.

'겉모습은 전혀 이상한 게 없는데 눈치챘다는 건······ 무언

가 다른 방식으로 확인한 게 분명하군.'

전자 장비를 달고 가는 것보다 초능력을 사용하는 게 훨씬 더 걸리지 않을 거라고 생각해서 톰슨을 넣었는데, 상대방도 나름 초능력에 대해 전문가였다. 어떤 방식으로 톰슨이 이상하다는 걸 눈치챈 것 같았다.

그리고 깨닫자마자 바로 도주.

범죄 조직 하나를 이끌 만한 놈이었다.

'그래도 뭐, 달라지는 건 없지.'

밖으로 나오는 사람은 없다. 그렇다면 남은 건 지하실의 통로. 수현은 원견을 가동시켜 빠르게 길목을 훑었다.

구불구불하고 규칙성 없는 카메론의 자연에 비교한다면 도시의 길은 합리적으로 이어지는, 쉬운 난이도의 미로에 불과했다.

과연 보였다. 빠르게 달려가는 리차드와 그 옆의 부하들. 그들도 지금 상황에 당황했는지 무언가 급히 떠들고 있었다.

'아티팩트가…… 최소 다섯 개. 골치 좀 아프겠군.'

누가 아티팩트 밀수 조직 아니랄까 봐 몸에 덕지덕지 아티팩트들을 매달고 있었다. 조심스러운 성격을 생각해 봤을 때, 도주에 특화된 아티팩트가 분명했다.

"……!"

원견이 끊겼다.

이건…….

'초능력 무효화 아티팩트?!'

일명 '분쇄기'가 갖고 있는 초능력 무효화 능력. 정말 희귀하고 희귀한 능력이었다.

이런 걸 갖고 있다니…….

'무조건 잡는다!'

수현의 눈에 리차드는 범죄 조직의 사악한 수장이 아닌, 보물 창고의 열쇠로 보였다. 잡는 순간 온갖 아티팩트가 쏟아져 나오는 보물 창고의 열쇠!

몇 번의 염동력 도약으로 원견이 끊긴 곳까지 따라붙을 수 있었다.

'초능력 무효화를 계속 써서 추적을 방해하겠다 이거지?'

상대가 누군지도 모르는데 일단 초능력 무효화 아티팩트를 계속 쓰는 것 자체가 대단했다. 정말 조심스러운 놈이었다.

수현은 바로 초능력 상쇄 장치를 작동시켰다.

초능력 무효화 능력도 결국 일종의 초능력!

그리고 이 상쇄 상황에서 초능력을 쓸 수 있는 건…… 수현밖에 없었다.

'찾았다!'

보아하니 리차드는 아직 초능력 상쇄 장치가 작동되었다는 걸 눈치채지 못하는 모양이었다. 그 아티팩트를 들고 있는 부하만 당황해서 애꿎은 반지를 만지작거릴 뿐이었다.

"무슨 일이냐?"

"초능력이 안 써집니다!"

리차드는 바로 작은 장치를 꺼냈다. 초능력 상쇄 장치를 일시적으로 무력화시키는 재머! 미국 쪽에서 개발된 물건이었다.

'이런 미친……!'

아무리 수현이라도 이 정도까지 가자 어이가 없었다.

대체 저놈은 얼마나 많은 것을 갖고 있는 건가?

물론 초능력 상쇄 장치도, 그 상쇄 장치를 무력화시키는 장치도 구하기 불가능한 건 아니었다. 그런데 저걸 움직일 때마다 하나씩 갖고 다니다니. 거의 편집증 수준이었다.

재머를 꺼냈지만 리차드는 지금 그의 움직임이 완전히 따라잡혔다는 건 눈치채지 못한 모양이었다.

원견 같은 초능력은 간단하지만 매우 희귀한 초능력에 속했다. 상쇄 장치를 켜고 움직였으니 추적을 따돌렸을 거라고 생각하는 게 무리는 아니었다.

그들이 통로의 끝에서 지상으로 올라오려고 하고 있었다. 이제 원견은 필요 없었다. 수현은 공중에서 바로 거리를 좁혔다.

"출발시켜!"

비밀 창고의 문이 열리더니 바로 자동차가 앞으로 뛰쳐나갔다.

콰직!

"......?!"

"반가워. 우리 초면이지?"

자동차의 앞 보닛에 강하게 착륙하며 수현은 유리창을 깨부수고 손을 내밀었다. 자동차는 그대로 정지하며 굉음을 내뿜었다.

"$$&*@&!"

듣기 거슬리는 욕을 내뱉으며 리차드 옆에 있던 부하는 권총을 꺼내 수현에게 난사했다. 그러나 총탄은 허공에서 멈췄다.

'초능력 무효화가 먹히지 않아?!'

초능력 무효화는 절대적인 능력이 아니었다. 그 수준으로 없앨 수 있는 한계를 넘어서면 없애는 게 불가능했다. 원견이야 튕겨냈다지만 수현이 전력을 쓰고 있는 염동력을 아티팩트 하나로 없앨 수는 없었다.

푹!

탄환이 그대로 튕겨 나가 남자의 머리를 관통했다. 수현은 바로 손가락을 돌려 뒷좌석의 초능력자를 조준했다. 화염의 창이 일렁거리다가 그대로 시전자의 목을 꿰뚫었다.

"크하악!"

어떤 공격도 통하지 않는 괴물.

차 안에 있는 범죄자들의 눈에 수현은 그렇게 보였다. 마치 고전 공포 영화에 나오는 추격자 같았다.

"자, 그러면…… 어?"

리차드가 사라졌다. 바로 떠오르는 건 순간이동이었다. 그러나 시야에는 아무것도 보이지 않았다. 순간이동은 시야 안으로만 이동할 수 있었다. 그런 제약을 넘은 순간이동은 없었다.

수현은 피식 웃었다.

그 짧은 시간에 한 것치고는 대단했다. 먼저 투명화 아티팩트로 스스로를 투명하게 만든 다음, 바로 순간이동 아티팩트를 사용해 허공으로 도망친 것이다.

그러나 초능력의 흐름을 눈으로 볼 수 있는 수현에게 투명화는 의미가 없었다. 수현은 바로 리차드의 위치를 찾은 다음 도약해 따라잡았다.

"재주가 대단하군."

허공으로 다시 도약한 다음 강하게 일격!

"커헉!"

리차드가 피를 토하며 낙하하기 시작했다. 수현은 염동력으로 그를 지탱한 다음 안에 독을 주입했다. 초능력자라고 해도 초능력을 쓸 수는 없을 것이다.

"아티팩트계의 종합선물세트 같은 놈인데?"

게다가 보통 근성이 아니었다. 수현은 알 수 있었다. 바로 무기를 꺼내려는 걸 보니 저건 팔다리 움직일 힘만 있어도 무슨 수작을 부릴 독종이었다.

수현은 전통적인 방식으로 가기로 했다.

콰직!

"크아아악!"

사지를 박살 내버리면 아무것도 못 하겠지.

"세상에."

수현은 입을 다물지 못했다. 루이릴의 아티팩트 컬렉션을 봤을 때 이것과 비슷한 감정을 느꼈었다. 그러나 그건 어디까지나 개인이 도둑질로 모은, 소규모의 컬렉션이었다. 지금 눈앞에 있는 건…… 거대한 조직이 차근차근 모아서 쌓아 올린 아티팩트의 보고였다.

은행의 금고 같은 시설에, 선반 위에 아티팩트가 하나씩 있었다. 반지나 팔찌 같은 형태의 아티팩트도 있었지만, 구슬 형태의 원석 아티팩트도 있었다.

수현의 얼굴이 굳었다. 아티팩트의 숫자가 너무 많았다. 이건 훔쳐서 모은 게 아니었다. 초능력자들을 잡아서 인공 아티팩트를 만든다고 했지만, 수현은 원시적인 형태를 생각 했었다. 최지은의 연구소에서 개발했던 것처럼 거대한 부피 를 가진 실험 단계의 아티팩트.

그렇지만 이건…….

'서예나의 초능력인가?!'

같은 초능력을 가진 사람은 언제든지 나올 수 있었다. 저 구슬 형태의 아티팩트들은 카메론에서 흔히 보이는 아티팩 트가 아니었다. 그런데도 숫자가 너무 많았다.

결론은 하나.

이놈들이 무슨 수상한 기술력으로 초능력자들에게서 초능 력을 뽑아내서 저런 아티팩트로 압축했거나, 아니면 서예나 같은 초능력으로 아티팩트를 추출했거나.

후자의 가능성이 압도적이었다.

"컥, 커헉……."

"아, 정신이 드나?"

조직원들이 피투성이가 되어서 굴러다니고 있었다. 리차 드는 정신을 차리고 수현을 쳐다보았다.

"넌…… 김수현……!"

"유명한 것도 꼭 좋은 건 아니군. 지나가는 사람들마다 다 알아보니."

"네가 여기는 어째서?"

"사방팔방으로 사고를 치고 다녔는데 내가 여기 올 수도 있지."

"미 정부가 협조를 부탁한 건가……?"

리차드는 무언가 오해를 하고 있는 것 같았다. 그는 비릿한 웃음을 지으며 말했다.

"두고 봐라. 오늘은 내가 방심해서 잡혔지만 나오는 순간 반드시 복수하겠다. 절대 잊지 마라."

"너 지금 뭔가 착각하고 있는 거 아니냐? 지금 그런 소리를 하면 내가 널 가만히 내버려 둘 거 같냐?"

수현은 어이가 없어서 그를 쳐다보며 물었다. 손가락 하나만 휘둘러도 그의 숨통을 끊을 수 있는 상황이었다. 그런데 저런 허세라니.

그러나 리차드는 비웃음을 멈추지 않았다.

"허세 부리지 마라. 정부하고 계약한 거 다 아니까. 넌 날 절대 못 건드려."

"……?"

수현은 고개를 갸웃거리며 로렌스와 제이슨을 쳐다보았다.

이게 무슨 소리?

"내가 널 왜 못 건드리지?"

"정부한테는 너보다 내가 훨씬 더 귀하거든. 허세 끝났으면 끌고나 가라."

"아, 아아! 아아~ 그런 뜻이었구나!"

수현은 이해가 됐다는 듯이 고개를 끄덕였다. 그 이상한 태도에 리차드는 당황해서 그를 쳐다보았다.

"난 또 뭐라고. 네 초능력이 초능력자에게서 아티팩트를 추출해 내는 능력 맞지?"

"……맞는데…….."

"그렇군. 미국 정부는 그걸 알고 있었고? 그래서 자신감이 있었군? 절대 널 죽이지 못한다는 자신감."

리차드의 초능력이 아티팩트 생성 초능력이라면 죽이기에는 너무 아까웠다. 미국 정부가 사살을 금지한 것도 이해는 갔다.

이제야 알 수 있었다. 그 폭동 사건을 대충 덮은 건 리차드를 생포한 미국 정부가 그를 빼돌렸기 때문이었다.

아마 지하 감옥 어딘가로 보내서 아티팩트를 만드는 용도로 써먹었겠지.

나머지 별 쓸모없는 놈들은 전부 법의 처벌을 받았지만 리차드는 워낙 귀중한 초능력을 갖고 있었으니까.

"이야, 과거에 그냥 넘겼었던 사건들을 이렇게 새로 접하게 되니까 새롭네. 미국 정부도 참 뻔뻔해? 아무리 아티팩트가 탐난다지만 이런 범죄자를 빼돌려서 써먹다니."

"무슨 소리를 하는 거······."

"미안하게 됐어. 나는 미국 정부하고 계약한 게 아니거든. 그냥 널 독자적으로 쫓아온 거야. 네가 아티팩트를 많이 갖고 있다는 소문을 들어서."

"······!"

수현은 손가락을 들어 리차드의 머리를 겨눴다.

"뭐······ 잠깐, 잠깐! 내 초능력을 알고 있을 텐데!"

"그래, 보답으로 내 초능력도 알려주지. 난 죽은 사람도 살려서 움직이게 할 수 있어. 생전의 초능력을 사용할 수 있는 건 물론이고 말이야."

"그게 무슨 헛소리······!"

"곧 알게 될 거다. 이 지구 촌놈아."

수현은 바로 리차드의 숨통을 끊었다. 이런 놈은 길게 살려둬서 좋을 게 없었다.

"자, 그러면······."

퍼퍼퍼퍽!

"······?!"

남은 조직원들의 숨통도 동시에 끊어졌다. 마치 자연사라도 한 것 같았지만 수현의 독 때문이었다. 제이슨은 입을 딱

벌렸다.

"정보도 얻었고, 아티팩트도 얻었고. 다 끝났나? 이제 이 걸 어떻게 운반할지가 고민이군. 뒷수습도 해야 하고."

아티팩트가 이렇게 많아지니 숨길 곳이 고민되기 시작했 다. 보관소를 새로 지어야 하나?

게다가 레스토랑에서 벌어진 사고도 수습을 해야 했다. 후 미진 곳이어서 아직은 괜찮겠지만 시체를 내버려 두면 문제 가 생길 것이다.

"저…… 저는 풀어주시는 거죠?"

"음? 아, 풀어줄게."

수현은 제이슨에게 손짓했다. 꺼지라는 신호였다. 제이슨 은 살았다는 듯이 뒤로 돌아서 뛰기 시작했다.

퍽!

"……!"

로렌스가 눈을 크게 뜨고 수현을 쳐다보자 수현은 어깨를 으쓱거렸다.

"살려준다는 소리는 안 했잖아? 풀어준다고 했지. 난 풀어 줬어."

주변을 둘러보며 고민하던 수현은 가볍게 손뼉을 쳤다. 방 법을 깨달은 것이다.

"이번에는 일행이 좀 많군요?"

수현은 웃으면서 고개를 끄덕였다. 뒤에는 무표정한 사람들이 멍하니 서 있었다. 그 사이에 낀 로렌스는 절레절레 고개를 저었다.

"통과하셔도 좋습니다. 전원 신분 확인했습니다."

일단 카메론으로만 가면 무사 해결!

시체들은 각자 몇백억은 될 법한 아티팩트들을 몸에 갖고 차원문을 통과했다. 진상을 아는 로렌스만 죽을 맛이었다. 이게 무슨 밀수도 아니고…….

67장
인공 아티팩트(3)

회사에 도착해서 산더미 같은 아티팩트들을 대충대충 창고에 던져 넣고 있으니 연락이 왔다. 회장에게서 온 연락이었다.

　　-미국 본토에 들렀다면서!

　　변장을 해도 기록을 완전히 숨길 수는 없었다. 뒤늦게 정보를 얻은 회장이 연락을 해온 것이다.

　　"아, 관광 목적이었습니다. 로스앤젤레스는 좋은 곳이더군요."

　　-헛소리하지 말게!

　　수현이 관광 목적으로 로스앤젤레스를 갈 리 없었다. 그가 그렇게 관광으로 시간을 보낼 사람이었다면 이미 예전에 그런 걸 제안했을 것이다.

지금 수현은 그가 있는 위치에 비해서 지나칠 정도로 금욕적인 삶을 살고 있었다. 오죽하면 개발계획국에서 직원을 따로 보내 수현을 좀 쉬게 하려고 했겠는가. 물론 그런 시도도 다 실패로 끝났지만.

―뭘 찾은 거지? 나한테 말하지 않고 넘어갈 생각은 하지 말게!

"아…… 찾았다고 해야 하나. 일이 있기는 있었습니다만."

수현은 잠깐 생각에 잠겼다.

과연 회장은 리차드의 초능력에 대해서 알고 있었을까?

'아니, 모르고 있었을 가능성이 크다.'

리차드의 초능력에 대해서 알고 있었다면 애초에 수현에게 정보 공유를 하지 않았을 것이다. 리차드의 초능력은 그만한 가치가 있었으니까.

그리고 회장은 그런 걸 독점하고 싶어 할 만큼 충분히 탐욕스러운 인물이었다. 만약 알고 있었다면 수현에게 정보를 알리지 않았을 것이다. 전력을 동원해서 자신이 얻으려고 했겠지.

'그리고 미국 정부도 나랑 비슷한 생각을 했겠고.'

미국 정부가 리차드의 초능력을 알면서 회장에게 말하지 않은 이유를 알 것 같았다. 괜히 말했다가 회장하고 경쟁이 붙으면 골치가 아파질 테니까.

─무슨 일이 있었던 건가!

"회장님, 이 범죄 조직의 초능력자들에 대해서 어느 정도 알고 계셨습니까?"

─……?

회장은 수현의 질문을 이해하지 못하고 되물었다.

─그게 무슨 소리지? 그 범죄자들에 대해 뭔가 알려진 게 있었나?

"미국 정부는 어느 정도 알고 있었던 것 같던데요."

─?!?!

회장의 머리가 빠르게 회전했다.

지금 수현이 어떤 의미로 말한 것인가?

'이간질인가? 아니, 김수현이 나를 미국 정부와 이간질할 이유가 없는데. 그렇다면 진실?'

"회장님, 머리 굴리는 소리가 여기까지 들리는 거 같습니다. 어차피 이미 일은 다 끝났고, 제 선에서 정리가 됐으니 말해드리죠. 범죄자 놈들과 충돌이 있었습니다. 처리했고, 관련 정보는 제가 다 갖고서 평양으로 왔어요."

─……!

회장은 다시 한번 놀랐다.

그새 범죄 조직을 전부 궤멸시켰다고?

―전멸시켰다고? 대체 그사이에 어떻게?

"아…… 전멸은 아니고. 하부 조직 몇 개 정도는 현지에 남아 있겠죠. 그거야 지금 다른 사람들을 시켜서 붙잡고 있고요."

그런 일까지 굳이 일일이 나설 이유는 없었다. 수현은 돌아오자마자 바로 병력을 동원했다. 현지에 있던 몇몇 범죄자는 제대로 된 저항도 하지 못하고 그대로 붙잡히거나 사살당했다.

"이놈들을 후원해 준 기업들이나 자산가들이 있는데…… 어? 세이프 인더스트리 같은 군수업체는 회장님 회사 경쟁 업체 아니었습니까?"

21세기가 현대 화기의 시대였다면 22세기는 초능력, 아티팩트의 시대였다. 점점 아티팩트의 구조와 메커니즘이 밝혀지면서 기업들은 돈을 투자하기 시작했다.

―초능력과 아티팩트를 움켜진 사람이 미래를 지배한다!

말로 꺼내지는 않았지만 누구나 비슷한 생각을 공유하고 있었다.

초능력 회복제, 아티팩트 분석, 초능력 상쇄 장치, 인공 초능력자 육성, 인공 아티팩트 제작…….

이런 모든 연구가 다 이런 생각의 부산물들이었다.

그리고 이런 연구의 가장 최첨단에 서 있는 게 미국과 중국이었다. 한국에 몇몇 우수한 연구팀이 있었지만 미국과 비교하면 우스울 정도였고.

그런 미국의 연구진 중에서도 찰스 회장이 거느리고 있는 기업체의 연구팀은 '다른 곳보다 10년은 앞서가고 있다'라는 평가를 받을 정도로 우수했다.

괜히 수현에게 자신만만하게 인공 아티팩트 제작을 말한 게 아니었다. 당연히 다른 경쟁사에서는 질투심이 날 수밖에 없었다.

―뭐? 세이프 인더스트리에서 후원을 했어? 이런 #&^&$ #! 상도덕도 없는 %@#@!!

"제가 알아듣기 힘든 욕은 그만하시고요. 그보다 통역기가 못 알아듣는 슬랭(은어)은 어디서 배우신 겁니까? 재벌 2세시면서……."

―본론으로 돌아오게!

"예, 예. 어쨌든 범죄자 놈들은 다 처리했고, 놈들이 갖고 있던 건……."

―자네가 전부 가져갔겠지.

회장은 한숨을 쉬며 말했다.

"물론 그렇습니다."

−검문소에서 안 걸렸나?

"미국 정부도, 한국 정부도 절 별로 의심을 안 하더라고요."

−…….

"후원자 정보 같은 건 회장님에게 보내드릴 수 있습니다."

−참 고맙네그래.

"제가 발로 뛰어서 얻은 걸 공짜로 드리는데 왜 그러십니까?"

−그러게 말이야…….

"아, 하던 이야기로 돌아와서. 경쟁사를 잡는 것도 좋지만 그 이전에 미국 정부에 항의 좀 하셔야 할 것 같습니다. 아마 회장님한테 의도적으로 정보를 숨긴 거 같아요."

−……?

수현은 리차드의 초능력에 대해 말했다. 간단하게 사실만 정리해서 요약했지만 회장은 그 의미에 대해 금세 알아차렸다.

아티팩트를 만드는 초능력.

분명히 있을 거라고 말은 나왔지만 아직까지 인류 사이에서 제대로 발견된 적이 없었던 초능력이었다. 몇몇 사람은 중국 같은 인구 대국에서 발견됐지만 국가 차원에서 숨기는 게 아닌가 하는 의견을 제시할 정도로.

'역시 있었군……! 그것도 미국에!'

그리고 지금은 수현의 손아귀에.

거기에까지 생각이 도달한 회장은 이마를 매만졌다. 갑자기 머리가 아파졌다. 수현의 말이 사실이라면 정부가 그에게 정보를 통제한 것도 이해가 갔다. 그들로서는 어떻게든 리차드를 손에 넣고 싶었을 것이다.

'이 건방진 놈들이······!'

물론 그렇다고 해서 분노가 사라지는 건 아니었다. 정부의 손아귀에서 놀고 있었다는 걸 깨달았으니까.

실제로 회장은 이런 범죄 조직이 돌아다닌다는 것을 이유로 블루베어나 이클립스의 팀원들을 정부 요원 호위에 빌려준 적이 있었다. 정부와 워낙 인연이 있으니 아무런 대가도 받지 않고 베푼 호의였다. 그런 호의가 이렇게 뒤통수로 돌아왔다.

'이놈들을 어떻게 처리를 해야······!'

회장은 알지 못했다. 정부의 손아귀에서 놀게 되는 대신 이제는 수현의 손아귀에서 놀게 되었다는 것을.

혹시라도 모를, 리차드에 대한 귀환 요구에 회장은 강력한 방벽이 되어줄 것이다.

"깔끔한데."

"여기는 연구소지 범죄 증거 인멸소가 아니야……."

최지은이 지친 목소리로 작은 구슬을 건넸다. 수현은 손가락 사이에 구슬을 낀 후 품속에 넣었다. 이 구슬 하나에 세계를 들썩거리게 만들 수 있는 초능력이 들어 있다고 생각하니 묵직하게 느껴졌다.

"사실을 그렇게 발표해도 괜찮은 거야?"

"괜찮아, 괜찮아. 어차피 계속 숨길 수도 없는 일이었고."

수현이 갑자기 미국 본토로 왔다는 기록이 언젠가 발견되는 순간 의심을 할 게 분명했다. 수현이 사람들의 관심을 아예 안 받는 것도 아니었고.

"회장도 방어막으로 동원한 데다가…… 미국 정부도 머리가 있으면 알겠지. 이렇게 내 손으로 들어온 건 다시 가져갈 수는 없을 거라는 걸."

억지로 가져가려고 하는 순간 문제가 생길 것이다. 관계가 틀어지는 것은 필연적이고.

미국이 그런 리스크까지 감수해 가면서 얻어내려고 하지는 않을 것이다. 수현은 그렇게 판단했다.

무엇보다 이런 아티팩트는 한번 사라지면 사람의 힘으로는 찾아내는 게 거의 불가능했으니까.

쇼크 웨이브 소드 같은 오크들의 아티팩트도 한번 사라지고 나서 계속 행적이 묘연했었다. 우연이 아니었다면 그들이 되찾지 못했을 것이다.

"난 오히려 잘됐다고 생각하고 있어."

"어째서?"

"우리 쪽에서 아티팩트가 쏟아져 나오더라도 이제 사람들은 의심을 덜 하지 않겠어? 이번 사건으로 알 만한 사람들은 다 이렇게 생각하겠지. '저놈이 아티팩트를 만들어낼 수 있는 건 데리고 간 리차드라는 놈의 초능력 때문'이라고. 그런 식의 구실이 의외로 편리하다고. 서예나가 괜히 주목을 받지도 않을 거고."

어떤 이유도 없는데 아티팩트들이 쏟아져 나온다면 사람들은 의심을 할 수밖에 없었다. 그 과정에서 복잡한 작전이 일어날 수도 있는 것이고. 그런 걸 걱정하고 있었는데 이렇게 적당한 핑계가 생겨주다니.

"이거 먹어도 되는 겁니까? 먹어보고 싶습니다!"

"아, 아니…… 먹으면 안 되는 겁니다. 이거 맹독이에요! 팀장님! 이 사람 누구예요?"

"뭔가 먹으면 강해질 것 같은 느낌이 들지 말입니다!"

뒤에서 시끄럽게 떠드는 소리가 들렸다. 연구소에 올 때 따라오겠다고 한 문서연과 서강석이었다.

"맹독인데 먹어보고 싶다고? 한번 먹어봐."

"예? 팀장님! 말려주세요! 말리셔야죠!"

"뭐…… 내 치유 능력도 있고…… 독 제어 능력도 있는 데다가…… 여기 연구소라서 해독제도 많잖아? 먹고 싶으면 먹어."

문서연은 그 말에 망설이지 않고 바로 독을 삼켰다. 오만상을 찌푸리며 뒹구는 그 모습에 최지은은 수현의 귓가에 대고 속삭였다.

"새로 뽑은 대원?"

"어, 문서연."

"문서연이라면…… 그 술에 꼴아서 너한테 달라붙었던 사람?"

"돌아오기 전에 그랬었…… 잠깐, 그걸 네가 어떻게 알아?"

"네가 말해줬었거든! 내가 총을 꺼냈다면서!"

아직 하지도 않은 짓으로 화가 나는 건 또 처음이었다.

"하하, 쟤가 좀 이상한 애라서 그래. 네가 이해해 줘."

"이해는 무슨…… 저런 사람은 별로 신경도 안 쓰거든?"

그렇게 말하면서도 신경을 쓰고 있다는 게 느껴졌다. 수현은 피식 웃었다.

그러는 동안 데굴거리던 문서연은 자리에서 일어섰다. 해독제를 먹지 않고 맹독을 버틴 그 모습에 서강석의 눈동자가 커졌다.

"대, 대체……?"

"육체를 변화시키는 초능력이라 그래. 저렇게 단련하는 거지. 저런 식으로 내성을 기르면 저런 독은 안 통하게 된다."

국내 초능력자 중에서 손가락 안에 든다는 소리가 괜히 나오는 게 아니었다. 머리는 약간 나사 빠진 것 같아도 강함에 대한 자세만은 제일.

"이게 그 방어막 아티팩트?"

"어, 기존의 A급 아티팩트 8개를 쓴 비장의 작품이지. 이거 실패하면 회장이 눈물 좀 흘릴 거야. A급 아티팩트는 회장도 쉽게 모을 수 있는 게 아니니까. 고생 좀 했을 거야."

인공 아티팩트의 가장 큰 장점은 아티팩트를 인공적으로 만들 수 있다는 게 아니었다. 아티팩트도 초능력자처럼 초능력에 한계가 있었다.

그런 한계가 있는 아티팩트들을 합쳐서 한계를 뛰어넘는 초능력을 만들어내는 것. 그게 바로 인공 아티팩트가 추구하는 목적이었다.

"정말 잘 만들었네……."

최지은은 분하다는 듯이 말끝을 흐렸다. 수현이 공유해 준 덕분에 그녀는 국내 연구자 중에서 유일하게 이 프로젝트를 볼 수 있었다.

"잘 작동될 거 같아?"

"되지 않을까? 그쪽 사람들이 그런 걸 테스트도 안 해보고 완성시킬 리는 없을 테니까. 완성되면 어떻게 발표할 생각이래?"

"발표야 나하고 회장이 같이 연단에 서서 할 거고…… 그리고 완성되어서 작동되는 게 확인이 돼도 바로 발표하는 게 아니야."

"……?"

"일단 회장의 저택에 하나 깔고, 나도 회사 부지에 하나 깔 거고, 이 연구소 지하에도 몰래 하나 깔 생각이거든."

"……아주 낭비를 하는구나."

"낭비는 무슨. 미리미리 해놔야지. 그런 다음 공식적으로 발표를 할 거야."

"다른 곳에 낭비하는 인공 아티팩트 말고, 공식적으로 발표하는 아티팩트는 어디에 설치할 거야?"

"어? 그건……."

생각해 보니 그걸 물어보지 않았었다. 수현은 잠깐 생각에 잠겼다. 원래라면 국회의사당이나 백악관 같은 상징적인 의미가 깊은 곳에 회장이 배치할 줄 알았다. 어차피 첫 발표는 효율보다는 상징적인 의미가 더 크니까.

그런데 당장 어제 대화를 나눴을 때만 해도 회장은 정부에게 분이 안 풀린다는 투로 말했다. 수현이 의도적으로 싸움을 붙이기는 했지만 이 정도로 골이 깊어질 줄은 몰랐다.

수현은 몰랐다. 회장이 블루베어나 이클립스 같은 초능력자들을 무상으로 정부에 대여해 준 것을. 그런 사기를 당했으니 화가 나는 것도 당연했다.

"뭐, 어련히 알아서 잘하겠지. 나는 이익만 취하면 그만이니까."

그래도 신경이 쓰이는 건 사실이었다.

수현은 최지은과의 이야기가 끝나고 나서 회장에게 물었다. 영광스러운 첫 아티팩트의 발표를 어디서 할 거냐고.

회장의 성격상 간단하게 발표만 하고 끝낼 리는 없었다. 당연히 이 인공 아티팩트가 얼마나 강력한지 사람들에게 보여줄 게 분명했다.

과연 그는 어떤 식으로 발표를 할까?

─아주 잘 물었네. 어디에 설치를 할 거냐고? 원래는 워싱턴이었지. 이제는 아니야!

목소리만 들어도 분노가 절절하게 느껴졌다.

수현이야 몰랐지만 미국 정부는 회장을 달래기 위해 온갖 방법을 쓰고 있었다. 언론에 공개되면 재벌 편의를 봐준다고 온갖 욕을 먹을 정도의 제안을, 물밑에서 수차례나 제안했지만 회장은 마음을 돌리지 않았다.

─돈은 충분히 많다. 너희들이 세금 몇 푼 더 가져가도 난 상관없다!

나름 미국인이라고 호의를 베풀어줬던 게 이렇게 돌아왔다. 회장은 아주 단단히 화가 나 있었다.

　―장소는 뉴욕이네.

　"뉴욕이요? 회장님 회사들이 거기에 있었나?"

　―내 회사는 전국에 있지. 물론 거기에도 있고. 거버너스 섬이라고 알고 있나? 자유의 여신상 옆에 있는 섬인데.

　카메론이라면 아주 세세한 지형까지도 외우고 다니지만, 지구에 대해서는 거의 관심이 없는 수현이었다. 자유의 여신상이라는 말을 들어도 바로 떠올리지 못했다.

　"자유의 여신상…… 어디서 들어봤는데. 아, 그 키 큰 동상이요?"

　―……그걸 모르다니. 어쨌든 그 옆에 섬이 있네. 예전에는 군사기지였고, 최근에는 관광지였지만…… 이제는 내가 소유하고 있지.

　뉴욕시로부터 섬을 사서 최첨단 아티팩트 연구소의 장소로 탈바꿈시킨 회장이었다.

　―거기에 설치할 생각이야.

　"뭔 의미가 있습니까?"

　―의미야 많지. 첫 번째로, 어떤 놈도 날 속일 수 없다는 것! 날 호구로 보고 수작을 부린 놈들은 다 대가를 치르게 될 거야.

정치적이나 군사적으로 중요한 요충지가 아닌, 자기 회사 연구소에 첫 아티팩트를 박아 넣겠다는 굳은 의지.

엿 좀 먹어보라는 뜻이었다.

'아이고……'

수현은 고개를 저었다. 그가 불을 지르기는 했지만 너무 심하게 커진 게 아닌가 싶었다. 미국 정부에게 미안해질 정도였다. 지금 회장의 태도를 보니 잘하면 아티팩트 협조도 안 해줄 것 같았다.

―두 번째로, 자네는 잘 모르겠지만…… 이 장소는 꽤나 상징적이지. 뉴욕에, 옆으로는 자유의 여신상이 있고, 뒤로는 뉴욕의 심장인 월스트리트가 있네. 이런 장소만큼 효과적으로 광고를 하기 좋은 곳도 드물지. 뉴욕 시민들, 아니, 미국 시민들은 영상을 보면서 아주 강한 충격을 받을 걸세.

고층 빌딩들이 모여 있는 시가지를 배경으로 펼쳐지는 거대한 방어막. 생각만 해도 웅장한 광경이었다.

차원문 소란 이후 인류는 몬스터에 대한 본능적인 공포를 갖고 있었다. 언제든지 다시 차원문이 열리고 몬스터가 나올지 모른다는 공포.

이 방어막 아티팩트는 그런 공포를 아주 효과적으로 노리고 있었다.

사람들은 방어막 아티팩트의 효과를 본다면 어떤 대가를

치르더라도 아티팩트의 영역 안에 머무르려고 할 것이다.

"네, 네. 알아서 준비 잘하시고 계신 거 같으니 이만 끊겠습니다."

─자네는 준비 제대로 하고 있나? 광석을 녹일 수 있는 건 자네밖에 할 수 없잖나.

"아, 그거…… 예. 나름 최선을 다하고 있습니다."

범죄 조직에 대한 사건이 마무리되자, 수현은 아메스 평야의 엘프들에게 찾아갔다. 상황이 마무리되었다는 것을 알려 주기 위해서.

그리고 한 가지 실험을 했다. 에렌딜에게 에멜늄 광석을 녹여보게 시킨 것이었다.

결과는 놀라웠다. 수현보다는 훨씬 느린 속도였지만, 그녀도 에멜늄 광석을 녹일 수 있었다. 과연 강력한 초능력으로 육체에 과부하가 걸릴 법했다.

'역시…… 에멜늄은 그냥 강력한 초능력만 있으면 녹일 수 있다.'

"에단 씨, 에렌딜의 초능력을 쓸 곳이 없어서 고민 아니셨습니까?"

"그건 그랬지. 그런데 그건 갑자기 왜 묻나?"

워낙 살기 넘치는 초능력이기에 사람에게는 함부로 쓸 수 없었고, 만만한 몬스터를 찾아야 했는데 이것도 보통 일이 아니었다. 덕분에 수현이 한번 소탕한 랩터를 잡아서 번식시키려는 시도까지 있었었다.

"제가 도와드리겠습니다."

"오오! 그게 정말인가!"

거짓말은 하지 않았다. 수현은 에멜늄 광석을 빠르게 녹일 수 있고, 에렌딜은 넘치는 초능력을 사용할 수 있는, 서로에게 좋은 거래!

물론 에렌딜은 매우 지루해했지만.

"이거 재미없어……."

"참아. 원래 인생의 대부분은 재미없는 일로 이루어진 거라고. 다 녹였으면 옆에 걸 녹여."

에렌딜은 의기소침해져서 광석을 녹이고 있었다. 광석을 녹이는 건 마치 봉제 인형의 눈알을 붙이는 것처럼 지루한 일이었다.

물론 시설이야 최첨단이었지만 그 안에서 사람이 하는 짓이라고는 광석을 붙잡고 녹여서 통에 담는 것이었으니 지루하지 않을 수가 없었다.

"나도 하고 있잖아."

"얼마나 더 해야⋯⋯?"

"저기 있는 양은 다 녹여야지."

에렌딜의 고개가 숙여졌다.

그렇게 준비를 하는 동안 시간은 빠르게 흘러갔다.

"준비됐나?"

"저야 언제나 준비가 되어 있죠."

"그 복장으로 나오려고? 이봐, 이 인간을 데리고 가서 세상에서 두 번째로 멋지게 만들어서 갖고 와."

"예, 알겠습니다."

회장의 말에 직원들이 공손하게 수현의 어깨와 팔을 붙잡고 끌고 갔다. 힘은 결코 강하지 않았지만 절대 물러서지 않겠다는 완고함이 느껴졌다.

"세상에서 첫 번째는 설마 회장을 말하는 건가?"

"자기보다 더 멋지게 입으시면 싫어하시죠."

"⋯⋯그래, 확실하게 와닿는군. 그런데 이거 명품 맞나? 왜 아무것도 안 쓰여 있지? 명품이면 뭐 이름 같은 거 있어야 하는 거 아냐?"

수현이 입는 것에 돈을 쓰는 성격은 아니었지만 회장은 아니었다. 그가 평범한 물건을 주지는 않았을 것이다.

"회장님께서는 시중에서 돈으로 구매가 가능한 물건은 쓰기 싫어하십니다. 품격이 떨어진다고."

"……아주 돈지X을…… 그러면 이건 뭔데?"

"디자이너를 불러서 따로 제작을 맡기신 거죠. 김수현 님의 옷도 마찬가지입니다."

"고마워서 눈물이 난다, 아주."

정장이나 구두야 그렇다 쳐도 차고 있는 시계까지 주문 제작을 할 정도의 집요함이라니. 돈 많고 오래 산 사람의 취미는 수현의 상상을 초월했다.

"자네도 이런 취미를 배워놓는 게 좋을 텐데. 보고 느끼는 게 없나?"

"아, 깜짝이야. 회장님, 남자가 옷 갈아입는 걸 보고 싶으십니까?"

"헛소리는 하지 말고. 내 말 진지하게 듣는 게 좋을 걸세."

"어…… 방금 하신 말 중에서 진지하게 들을 말들이 있었습니까?"

수현은 진심을 담아서 그렇게 말했다. 회장에게도 그 진심이 닿은 것 같았다. 이마에 힘줄을 띄우며 회장은 대답했다.

"잘 듣게. 자네는 오래 살겠지. 그렇지 않나? 어쩌면 나보다 더 오래 살지도 모르겠군. 육체 강화 시술에, 경지에 오른 초능력자니까."

"비명횡사만 안 하면 오래 살겠죠."

"나는 자네 나이 때 자네만 한 부자는 아니었네."

"예? 상속받은 거 아는데 무슨 엄살을."

"……그때는 완전히 받은 게 아니었다고! 자꾸 말 끊을 텐가?"

"알겠습니다. 계속 이야기하시죠."

"젊은 나이에 세상의 정점에 오르게 되면 많은 생각이 들게 되지. 처음에야 신이 나서 이것저것 다 해보게 될 거야."

"별로요."

"자네는 카메론을 워낙 사랑하니…… 말 끊지 말라고 했을 텐데."

수현은 입을 손으로 다무는 시늉을 했다.

"어쨌든 그다음에는 권태가 밀려와. 뭘 해도 지루해지고 재미가 없어지게 되지. 나는 운이 좋은 편이었네. 이때부터 카메론 개척에 투자할 수 있었으니까. 그렇지만 자네는 카메론에서 태어나고 자란 사람이잖나? 언젠가 카메론이 질리게 될 날이 올 거야. 그럴 때를 대비해서 이런 취미를 배워두게나."

"디자이너를 괴롭혀서 혼자만 입을 수 있는 물건을 만드는 취미 같은 거요?"

"그건 취미 중 하나일 뿐이지."

"취미가 아니라 돈X랄 같지만…… 뜻은 알겠습니다. 기억해 두죠."

준비는 끝났다. 회장은 수현을 데리고 앞으로 나갔다. 앞에는 기대에 찬 시선을 던지고 있는 기자들과 관계자들이 있었다.

이미 이번 발표에 대해서 아는 사람들은 어느 정도 알고 있었다. 미국 정부 같은 경우에는 회장이 어떤 식의 인공 아티팩트를 완성했는지 알고 있었고.

중국 같은 경우도 언론에 흘러들어 간 정보 같은 걸 전해 들었을 것이다. 그리고 설마설마하고 있겠지.

─설마 에멜늄 광산이…….

그러나 실제로 방어막 아티팩트가 얼마나 강력한 위력을 보여줄지는 극소수만이 알고 있었다. 초능력자를 동원해서 실전 테스트를 몇십 번이나 했지만, 실전에서 필요한 건 몬스터를 막는 능력이었다.

과연 몬스터를 막을 수 있을까?

"……평양에 차원문이 생긴 이후, 인류는 계속해서 전진해 왔습니다. 그 누구도 우리가 이제까지 일궈놓은 업적을 부정할 수는 없을 것입니다. 오늘 저는, 감히 선언하고자 합니다. 인류가 한 발짝 더 나아가게 되었다고! 초능력자가 없어도, 초능력자의 한계를 뛰어넘는 인공 아티팩트! 그걸 이 자리에 모인 여러분에게 보여드리고자 합니다!"

우레와 같은 박수갈채.

수현은 옆에서 하품이 나오는 걸 참으며 회장의 연설을 들었다. 관중들은 의외로 감동한 것 같았다.

'하긴, 지구인들에게는 좀 감동적인 연설일 수도 있겠군.'

카메론에서 태어나 카메론에서 산 수현에게 저런 발표는 그냥 겉치레로밖에 들리지 않았다.

"회장님! 이 인공 아티팩트의 성능은 어느 정도입니까?"

"한국의 마법사는 이번 발표와 무슨 상관이 있는 겁니까?"

"먼저, 김수현은 이번 프로젝트에 있어서 가장 중요한 역할을 맡아주었소. 그걸 밝힐 수는 없지만, 가장 핵심적인 역할이라고 봐도 좋을 것이오."

"가장 핵심적인 역할이라면……."

"제작인가? 제작에서 무언가 필요한 건가?"

웅성거림과 상관없이 회장은 말을 이어갔다. 연설을 할 때의 공손한 태도는 사라지고 질문에 대답하는 회장은 평소의 모습이었다.

"위력이라. 내가 복잡한 수치를 말해봤자 보는 사람들에게는 의미가 없겠지. 몇 N의 힘을 견딜 수 있다고 말해봤자 일반인들이 그걸 파악이나 할 수 있겠나. 저 동양에 이런 속담이 있다지? 백 번 듣는 것이 한 번 보는 것보다 못하다고."

"……?"

"나는 직접 보여줄 생각이오!"

"뭘?"

수현은 회장을 보며 물었다. 회장은 자신만만한 표정으로 수현을 쳐다보았다.

"초능력자로 테스트하는 거 아니었습니까?"

"그러면 아무도 감동하지 않지."

"설마……."

"그래, 그 설마네! 몬스터를 갖고 와라!"

"카메론에서 몬스터를 갖고 왔습니까?!"

수현은 놀라서 회장을 쳐다보았다. 아니, 처리만 잘한다면 카메론에서 차원문을 통과해 몬스터를 갖고 오는 것도 이상하지는 않았다.

카메론에서 몬스터는 이미 익숙한 존재였다. 몬스터와 싸우는 걸 경기로 중계하는 마당에 몬스터를 생포하는 것 가지고 뭐라고 하는 사람은 없었다.

그러나 지구는 아니었다. 몬스터가 날뛴 것만으로도 여론이 충격과 공포로 바뀌었는데, 용케 허가를 받았다 싶었다.

"자네가 놀랄 줄 알았네."

"놀라긴 놀랐습니다. 어떤 몬스터입니까?"

"트롤이지. 생포한 트롤을 사느라 돈을 얼마나 썼는지……. 그럴 만한 가치는 있겠지만 말이야. 뉴욕에 나타났던 몬스터 중 하나가 트롤이라는 거, 알고 있었나?"

"제가 트롤 하나 나타났다고 신경을 쓰겠습니까."

"자네야 그렇지. 하지만 여기 사람들에게 트롤은 특별한 의미일 거야. 그런 놈이 무기력하게 밀려나는 걸 지켜보자고."

"참 악취미도……."

특수 설계된 우리 안에 갇혀 있는 트롤의 눈빛이 붉었다. 어떤 방법으로 트롤의 적개심을 폭발시킨 게 분명했다.

수현은 문득 몬스터 유도 장치를 떠올렸다.

'그런 걸 썼나?'

보아하니 특수한 향기를 쓴 것 같지도 않고, 약물을 쓴 것 같지도 않았다. 애초에 트롤에게는 약물이 잘 통하지도 않고…….

역시 몬스터들에게는 만만한 게 초능력 계열이었다.

"방어막을 가동시켜라!"

돔 형태의, 둥그런 푸른색 막이 펼쳐졌다. 이 주변을 덮을 만큼 방대한 크기였다.

"더 크게 할 수 있지만 오늘은 이 정도면 되겠지!"

회장은 의도적으로 크게 말했다. 이 아티팩트의 성능을 알리기 위해서였다.

수현은 저 멀리 바다에서 느껴지는 기운을 보고 중얼거렸다.

"트롤을 준비하고도 다른 걸 또 준비했나. 부지런하기도 하셔라."

"음? 뭐라고 했나?"

"저 멀리서 접근하는 거, 회장님께서 준비하신 몬스터 아닙니까?"

"무슨 소리야? 난 트롤만 준비했는데?"

"또, 또. 서프라이즈 하실 거면 됐습니다. 비밀 지켜드릴 테니까요."

"아니, 진짜로 트롤만 준비했네. 게다가 저 멀리에 뭐가 있다는 건가? 아무것도 안 보이는데."

"······?"

"애초에 이 인근 바다 주변에 몬스터가 있으면 레이더에 잡히지 않았겠나? 그게 아니더라도 사람들이 발견했겠지. 여기 있는 사람들의 눈이 몇 개인데······."

"······."

수현의 얼굴이 심각해졌다.

"회장님, 저 멀리에 몬스터가 있습니다. 게다가 사람들의 눈을 전부 속인 걸 보니 특수 능력이 있는 놈이에요. 마치 아센 호수의 그림자고래 같은……."

말을 하던 수현은 멈칫했다. 아센 호수의 그림자고래는 수현이 직접 상대한 놈이 아니었다. 미국과 중국의 초능력자들이 합작해서 처리한 놈. 덕분에 인류는 호수 동쪽으로의 진출이 가능해졌다.

그렇지만 자료로 봐서 자세히 알고 있었다. 놈은 거대한 덩치에 맞지 않게 민첩하고 교활했으며, 무엇보다 골치 아픈 특수 능력을 갖고 있었다. 바로 스텔스 능력이었다.

사람의 눈을 속이고 호수의 물과 동화되어 덤비는 놈을 찾기 위해 초능력자들은 정말로 고생을 했다. 수현이야 바로 기운을 볼 수 있다지만, 그게 안 되는 초능력자들은 정말 온갖 짓을 다 해 놈을 추적한 모양이었다.

'아니, 그냥 그림자고래 아냐?'

그리고 그런 종류의 몬스터가 흔할 리 없었다.

수현은 멀리서 느껴지는 기운에 집중했다. 기운의 양을 떠나서 몬스터의 덩치 자체가 상당했다.

"몬스터가 있다고?"

회장은 수현이 농담을 하는 게 아니라는 걸 깨달은 모양이었다. 얼굴을 굳히고 물었다.

"어떻게…… 냐고 지금 물을 때가 아니군. 어디에 있지?"

"제가 가리키는 방향에서 접근하고 있습니다."

"저기는 보트들이 있는데? 그리고 수심도 별로 깊지 않지 않나?"

"몬스터는 상식선에서 판단하면 안 되잖습니까. 수심과는 상관이 없을지도 모릅니다. 그 위에 보트들이 있어도 눈치 못 채게 조용히 움직일 수 있죠. 회장님, 그림자고래 기억하십니까?"

"아센 호수의 그놈이라면…… 그래, 몬스터라면 확실히 그럴 수도 있겠군. 혹시 어떤 몬스터인지도 알 수 있나?"

스텔스 능력으로 악명이 높은 몬스터. 회장은 바로 수현의 말을 이해했다.

"그건 나와봐야 알 것 같습니다. 운이 좋기를 빌죠."

"운이 좋기를 빌다니?"

"운이 좋으면 그림자고래, 운이 나쁘면 처음 보는 몬스터일 겁니다."

"운이 좋아야 그림자고래인가?"

회장은 어이가 없다는 듯이 중얼거렸다. 물론 생전 처음 보는 몬스터가 나오는 것보다 그림자고래가 나오는 게 나았다. 그림자고래는 적어도 수많은 전투로 인해 어떻게 싸워야 할지 데이터가 있었으니까.

"바로 대피 명령을 내리지."

"놈을 자극하지 않도록 하셔야 할 겁니다."

지금 회장의 발표 때문에 인근 바다 위에 개인용 보트를 타고 있는 사람들도 있었다. 자칫하면 대형 참사가 일어날 수도 있었다.

"저, 저기…… 회장님. 언제까지 이야기를 하실 겁니까?"

사회자가 곤란한 표정으로 회장에게 말을 걸었다. 진행을 멈추고 수현과 떠들고 있으니 당황스러운 것이다.

그러나 둘은 사회자를 완벽하게 무시했다.

"그런데 대체 저런 놈이 어떻게…… 설마 차원문이 또 열렸나?"

수현은 자리에서 일어나서 준비를 하며 말했다.

"가능성 높은 가설이 하나 있습니다."

"……?"

"그때 차원문 소란 때 온갖 놈들이 다 뛰어나왔잖습니까."

"그랬었지……?"

"육지 위에서 나타난 놈들은 잡혔겠죠. 하지만 바닷속에서 나타난 놈들은 어땠겠습니까."

"……!"

"재수 없는 놈들, 그러니까 바다 밑에서 적응을 할 수 없는 놈들은 그냥 죽었겠지만 적응이 가능한 놈들은 몇몇 살아남았을 겁니다."

"그런데 이제까지는 잠잠했었지 않나?"

"그야……."

수현은 트롤을 힐끗 쳐다보았다.

"저 트롤, 어떻게 맛이 가게 한 겁니까?"

"……!"

그 질문만으로도 회장에게는 답이 된 모양이었다. 그는 수현의 손을 잡으며 말했다.

"이 사실은 절대 밖으로 공개하지 말아주게."

자칫하면 인공 아티팩트를 만든 새 시대의 영웅에서 몬스터를 본토로 부른 역적이 될 수도 있는 상황!

트롤을 자극하기 위해 중국 측에서 개발한 몬스터 유도 장치를 사용했는데, 출력이 생각보다 훨씬 강력했던 모양이었다. 지금 접근하는 몬스터가 예민했기도 했지만 회장이 그것까진 알 수 없었다.

"눈치 빠른 사람들은 의심스러워할 텐데요?"

아무리 차원문 때문에 나타났다지만 이제까지 잠잠했던 몬스터가 왜 찾아온단 말인가.

"변명이야 얼마든지 만들 수 있지. 저 몬스터가 특별해서 인공 아티팩트의 강력한 에너지를 감지하고 찾아왔다고 해도 사람들은 믿을 거야."

갖다 붙이면 지구의 사람들은 속게 되어 있었다. 수현은 예전에 술집에서 만난 용병을 떠올렸다. 그 용병은 '지구 놈들은 카메론에 유니콘이 진짜로 있다고 하니까 믿더라고!' 하며 낄낄댔었다.

"거짓말을 도와달라?"

"크흠, 거짓말이 아니라…… 그냥 사람들이 사실을 조금 더 넓은 마음으로 받아들일 수 있도록 도와달라는 거지."

이런 상황이 끝나고 나서 진상을 발표할 때 수현이 옆에서 회장의 의견에 힘을 실어준다면 그만큼 든든한 것도 없었다. 게다가 지금 상황을 보면 이 몬스터와 싸울 때 수현의 힘이 많이 필요할 테니…….

"9:1?"

"야, 이 개 같……."

회장은 순간적으로 분노 조절이 되지 않았다.

"어허, 회장님. 카메라 돌아갑니다. 웃으면서 말하세요, 웃으면서."

"알겠네, 알겠다고!"

"좋습니다. 감히 인류의 방패가 될 인공 아티팩트의 냄새를 맡고 다가온 사악한 몬스터를 처리하러 가 봅시다!"

즉석에서 협상은 체결되었다. 회장은 모든 뒤처리가 끝나자 번개처럼 움직였다. 관계자 몇 명에게 연락을 하고 바로 대피 명령을 지시했다. 수현이 감탄할 정도로 절도 있는 동작이었다.

인공 아티팩트 구경을 하러 왔던 시민들은 졸지에 실제 상황이라는 말을 듣고 기겁해서 빠져나갔다.

그냥 안쪽으로 들어가라고 했는데도 1/3 정도는 인공 아티팩트의 방어막 안으로 몰려온 것 같았다. 몬스터가 더 움직일 것이라는 걱정 때문이었다.

"회장님, 이게 어떻게 된 겁니까? 몬스터라니요? 앞에는 아무것도 보이지 않습니다만?"

"일반인들의 눈에는 그렇게 보이겠지. 저 몬스터는 사람의 눈을 피할 수 있으니까. 하지만 여기 마법사의 눈은 속일 수 없소!"

"이 상황도 의도하신 겁니까?"

"내가 설마 그랬겠소? 내가 시민들의 안전을 위해 이 인공 아티팩트에 투자했는데!"

"그렇다면 지금 저…… 몬스터가 있다면 말입니다, 어째서 여기로 온 겁니까?"

"아마 차원문 소란 때 들어왔던 놈 중 하나라고 추측하고 있소. 이 인공 아티팩트가 놈을 자극한 게 아닐까 싶군. 질문은 더 이상 받지 않겠소. 상황이 끝난 다음에 받아도 될 테니까!"

회장은 자리에서 내려와 수현에게 속삭였다.

"그런데, 처리할 수 있겠나?"

생각해 보니 아직 모습도 보이지 않는 저 몬스터를 처리할 수 있다면 그보다 더 좋은 발표도 없을 것이다. 기왕이면 방어막의 효과도 더 강조하고 말이다.

그러나 몬스터를 처리할 수 없다면 지금 이러고 있을 때가 아니었다. 더 멀리 도망쳐야 했다.

"그림자고래를 상대해 봤으면 더 좋았겠지만…… 아니어도 상대할 수는 있죠. 만약 상대가 그림자고래면 처리할 수는 있을 겁니다. 다른 놈이면 봐야 알 거고요."

"그림자고래이길 바라야겠군. 세상에. 그놈을 여기 지구에서 볼 줄이야……."

"아, 회장님. 그림자고래여도 상대가 쉬워지는 건 아닙니다. 그림자고래면 솔직히 더 귀찮아질 수도 있어요."

"……?"

"놈은 더럽게 교활하거든요. 아시잖습니까? 미국, 중국의 초능력자들이 그놈 하나 찾느라 아센 호수를 쥐 잡듯이 뒤지고 다닌 것. 그런데 여기는 도망치면 아예 잡을 수도 없죠. 저 먼바다로 가버리면……."

회장의 낯빛이 질린 빛으로 변했다. 수현은 아무렇지도 않다는 듯이 어깨를 으쓱거리며 물었다.

"그래서 회장님, 현재 쓸 수 있는 초능력자는 몇 명 정도입니까?"

"뉴욕시 소속 초능력자 부대가 있네. NYPD 소속의 정예 초능력자 부대······."

"아니, 지구 쪽 초능력자는 별로······."

옆에서 대화를 듣던 관계자 중 한 명이 울컥하는 표정을 지었다. 몬스터 대란 이전부터 편성되어서 정예로 이름을 날리고 있는 초능력자 부대를 이렇게 취급을 하다니.

"카메론 쪽 사람들 없습니까? 회장님 성격이면 분명 이런 행사에 데리고 왔을 텐데."

"날 뭘로 보는 건가? ······블루베어 대원들은 있네."

"······."

수현은 한심하다고 말하려다가 그만두었다. 덕분에 편해 졌으니까.

"블루베어 전력이라도 있으니 다행이군요. 일단 놈이 지상으로 올라올 때를 대비해 양쪽에 배치해 둡시다. 그 LAPD? 그분들 단독으로 배치하지는 마시고요."

"NYPD!"

"아, 죄송합니다. 이름이 헷갈려서. 어쨌든 대몬스터 전적이 없는 사람들은 좀 위험하니까 단독배치 하지 마시고······ 지도 좀 켜보십쇼. 그냥 제가 지시하겠습니다."

민간인이 이런 상황에서 지휘권을 갖는 전례는 없었다. 그러나 자리에 있는 사람 중 누구도 수현의 말에 토를 달지 않았다. 그는 그럴 만한 자격이 있었으니까.

⟨꽃⟩

"준비는 끝났는데⋯⋯."

회장의 목소리에는 당혹스러움이 묻어져 나왔다.

수현은 짧은 시간에 있는 병력을 빠르게 요소요소에 배치
했다. 갑작스러운 상황에 대비할 수 있도록. 옆에서 보고 있
던 뉴욕시 경찰국장이 속으로 감탄할 정도였다.

그런데 몬스터가 나오지 않았다.

"왜 안 나오나?"

"그걸 왜 저한테 물으십니까?"

"내가 이런 말을 하는 것도 웃기긴 하지만⋯⋯ 지금 이렇
게 해놓고 몬스터가 안 나온다면 그건 그거대로 곤란하네."

맞는 말이었다. 지금 수현의 말을 듣고 시민들이 대피하고
병력이 배치되는 모습이 전 세계에 생중계되고 있었으니까.

그런 상황에서 몬스터가 안 나온다면?

그만큼 망신도 없었다.

수현이야 신경을 안 쓰지만 회장은 초조한 기색이었다.

"밑에 있습니다."

"대체 그놈은 왜 안 보이는 건가! 보이기라도 하면 내가

이런 말을 들을 필요는 없을 텐데!"

"무슨 말이요?"

회장은 태블릿으로 현재 방송에 달리는 시청자들의 리플을 가리켰다. '저거 늙어서 노망난 거 아니냐, 있지도 않은 몬스터가 있다고 하네'가 순위권에 있었다.

"……."

"무슨 말이라도 하지 그러나?"

"이 와중에 그걸 보실 여유가 있으시다는 게 참 대단하십니다. 그나저나…… 몬스터가 밖으로 안 나오는 건 이유가 있을 겁니다."

회장과의 농담과는 별개로 수현은 이 상황을 진지하게 생각하고 있었다.

멀리 있던 몬스터가 여기까지 왔는데 가만히 있는다면 그건 분명히 이유가 있었다.

'왜지?'

몬스터도 머리가 있었다. 주변에는 먹이가 수두룩했는데도 나오지 않는다는 건…….

'위험하다고 느낀 건가?'

수현은 인공 아티팩트를 쳐다보았다. 아니, 인공 아티팩트 때문은 아니었다. 단순히 이 방어막 때문이었다면 저런 식으로 움직일 리 없었다.

고민하던 수현은 한 가지 생각을 떠올렸다.

'설마…… 나 때문은 아니지?'

문득 떠오른 생각이었지만 이게 의외로 부정할 수가 없었다. 그림자고래는 영악하고 상대를 잘 파악해서 여차하면 도망치는 걸로 악명이 높았다.

그런 놈이라면 상대를 본능적으로 가늠할 수 있을지도 몰랐다. 수현이 상대의 기운을 파악하는 것처럼 말이다. 게다가 몇몇 몬스터는 수현을 보고 도망쳤던 전적이 있었다. 수현은 갑자기 머리가 아파왔다.

안 그래도 도망치기 쉬운 상황인데, 벌써부터 겁을 먹는다면…….

'일단 밖으로 끌어내자.'

사람들 눈이 있었다. 이러다가 모습도 안 보이고 도망가면 보통 망신이 아니었다.

수현이 허공으로 떠오르자 사람들 사이에서 웅성거림이 터져 나왔다. 염동력 능력자 중에서 수현처럼 위력을 낼 수 있는 사람은 없었다. 수현처럼 자유자재로 사용할 수 있는 사람도 드물었고. 이런 식의 응용은 놀라울 수밖에 없었다.

"어?"

수현이 뭘 어떻게 하나 지켜보고 있던 사람들은 갑자기 허공으로 떠오르는 우리에 시선을 돌렸다. 안에 있던 트롤들은 당황해서 우리를 덜컹이고 있었다.

"자, 물어라!"

카메론의 몬스터들이 지구에 오면 허기에 시달릴 수밖에 없었다. 서로를 먹던 몬스터들은 지구의 동물에 쉽게 적응하지 못했다.

수현은 허공 높이 솟구쳤다. 몬스터가 뭐든 간에 덜 위협적으로 느끼도록.

이랬는데도 나오지 않는다면 수현이 직접 들어가서 도발이라도 해야 했다.

다행히 수면을 뚫고 몬스터가 정체를 드러냈다.

고래를 닮은 거대한 모습.

그림자고래였다.

"우와아아악!"

사람들 사이에서 비명이 터져 나왔다. 수현이나 회장 같은 사람은 눈 하나 깜박이지 않았지만 일반인들에게 몬스터는 아직까지 공포의 대상이었다.

'그림자고래가 맞았군.'

그림자고래는 번개 같은 몸놀림으로 트롤이 있는 우리를 덮쳤다.

안에 갇힌 트롤은 불쌍하게 울부짖었다.

'먹혔나? 아니…… 지금 그걸 신경 쓸 때가 아닌가.'

일단 사람들 앞에서 몬스터가 진짜로 있다는 건 확인시켰다. 체면치레는 한 셈이었다. 수현과 회장이 갑자기 미쳐서 대피 명령을 내린 게 아니라는 걸 보여줬으니까.

그림자고래가 수면 위로 뛰어오른 순간, 수현은 수십 가지 생각을 했다.

지금 잡아야 하나? 잡는다면 어떻게? 카메라가 깔렸는데 밑천을 어디까지 드러내야 하는 거지? 독은 써도 되나? 초능력 무효화 아티팩트는?

수현은 정보를 숨기는 걸 좋아했다. 이렇게 생중계로 기록이 되는 상황은 신경이 쓰일 수밖에 없었다.

'다른 놈들이 잡아주면 안 되나?'

그림자고래는 드래곤처럼 절대적인 몬스터가 아니었다. 이미 한 번 잡힌 적이 있는 몬스터. 수현이 아니더라도 여기 있는 초능력자들이 잡을 수 있다면…….

—공격 개시!

지시와 함께 초능력자들의 연계 공격이 쏟아졌다. 그림자고래는 거칠게 몸을 흔들며 물속으로 잠수하려고 했다.

수현은 공격하려다가 멈추고 회장 옆으로 착지했다.

"회장님, 몬스터 유도 장치 아직 있으시죠?"

"쉿, 목소리 낮추게!"

"그거 몰래 작동 좀 시킵시다."

"뭐? 그러다가 문제라도 생기면 어쩌려고 그러나!"

몬스터 유도 장치를 더 강하게 작동시켜 그림자고래를 유도하는 것도 생각을 했었다. 그러나 그 방법은 제외했다. 불을 끄려다가 기름을 붓는 짓이 될 수도 있었던 것이다.

몬스터가 도망가면 차라리 낫지, 시내에서 폭주라도 한다면……

게다가 그림자고래가 왔듯이 다른 몬스터도 올 수 있었다.

"이미 놈이 있는 건 확인이 됐지 않나. 이제 저놈이 도망쳐도 문제는 없을 거야."

"그렇긴 한데, 저놈이 도망치면 골치가 좀 아파지지 않겠습니까. 무엇보다 체면이 안 서죠. 역사적인 자리에서 아티팩트 시연도 제대로 못 하고 끝나면 좀 아쉽잖아요?"

"뭘 생각하는 거지?"

회장은 의아하다는 듯이 되물었다. 지금 수현이 공격하지 않고 내려왔을 때, 회장은 아무런 말도 하지 않았다. 수현이 힘을 드러내고 싶지 않아 한다고 생각한 것이다.

'그럴 수도 있지.'

마법사 정도 되는 사람이 이런 자리에서, 급하지도 않은데 힘을 드러낼 필요가 있겠는가.

그런데 지금 수현은 이 자리에서 그림자고래를 잡으려고

하는 것 같았다. 이해가 가지 않았다.

"지금 방어막 아티팩트만 완성된 게 아니잖습니까. 공격용 아티팩트도 있을 텐데요."

공격용 아티팩트. 공격 가능한 초능력 아티팩트들을 합쳐서 만든 아티팩트였다. 물론 방어막과 달리 이건 공개하지 않았다.

방어막이야 사람들 앞에서 모습을 보여주고, 대놓고 시연하는 모습을 보여주는 게 가장 효과적이었지만 공격용 아티팩트는 아니었으니까.

"그걸?"

"굳이 숨겨둘 이유가 있습니까? 어차피 시연회인 이상 공격용 아티팩트를 꺼내도 괜찮잖습니까. 어느 정도의 위력인지 사람들에게 보여줄 기회가 될 겁니다. 상대가 트롤이라면 의미가 없겠지만, 상대가 그림자고래 같은 몬스터라면 의미가 있겠죠."

거대한 몬스터를 상대로 강력한 대미지를 줄 수 있다는 증명이 되니까.

회장은 잠시 고민했다. 그러나 고민은 길지 않았다. 이미 답은 정해져 있었으니까.

"좋아. 그렇게 하겠네!"

어차피 수현이 본격적으로 나서지 않으면 여기 있는 인원들만으로는 그림자고래를 붙잡기 힘들었다. 놈이 도망칠 가능성이 높았다. 그럴 바에는 차라리 더 적극적으로 나서겠다는 게 회장의 생각이었다.

그림자고래는 수면으로 잠수한 다음 몸을 물속으로 의태했다. 그 위로 폭풍 같은 공격이 쏟아졌지만 그림자고래에게는 별다른 타격을 주지 못했다.

원래라면 저 푸른색 방어막 안으로 올라가 거슬리는 신호를 보냈던 물건을 파괴할 생각이었다. 그러나 본능이 몸을 멈추게 했다. 수현에게서 느껴지는 강렬한 불길함이 그림자고래를 겁먹게 한 것이다.

–그르르륵…….

그림자고래는 교활한 몬스터였다. 그는 결국 빠져나가기로 마음먹었다. 수현에게서 느껴지는 불길함이 몬스터의 본능을 압도한 것이다.

그러나 그 순간, 강렬한 파동이 느껴졌다. 몬스터의 본능을 끌어올리는 파동. 그걸 느낀 그림자고래의 눈동자가 번뜩였다.

쾅! 콰콰쾅!

그림자고래가 초능력자들에게 공격을 받고 꼬리를 내리며 도망치자 사람들은 안심하고 있었다. 거대한 몬스터였지만 생각보다 별게 아니었던 것이다.

"놈이 올라온다!"

"갑자기 왜 저래?!"

"초능력자들이 공격해서 그런 거 아니야?"

"뒤로 물러나! 도망쳐!"

그러나 그건 착각이었다. 그림자고래는 수현 때문에 망설이고 있었던 것이었지, 초능력자들의 공격이 무서워서 몸을 사리고 있던 게 아니었다.

본능에 눈을 뜨자 더 이상 거칠 게 없었다. 파동을 발생시키는 곳을 향해 그림자고래가 달려들었다.

쾅!

그리고 튕겨 나갔다. 짙은 푸른색 방어막에 막힌 것이다.

"⋯⋯?!"

"저놈⋯⋯ 물속에서만 움직일 수 있는 놈 아니었나?"

"몬스터는 언제나 상식을 뛰어넘잖습니까. 정보가 하나 추가되었군요."

수현은 태평하게 그렇게 말했다. 그림자고래는 섬 위로 몸을 올린 채 방어막을 강하게 두드리고 있었다. 그러나 방어막은 물결만 퍼질 뿐 깨지지 않았다.

회장은 주먹을 불끈 움켜쥐었다. 지금 이 모습은 그 무엇보다도 강렬한 홍보가 될 것이다.

도시를 당장에라도 무너뜨릴 수 있을 것 같은 거대 몬스터가 덤비는데도 굳건하게 버티는 방어막 아티팩트!

"지, 지금 몬스터가 땅 위로 올라왔습니다! 방어막 아티팩트를 맹렬하게 공격하고 있는데요……!"

헬기 안에서 아래를 내려다보며, 리포터는 침을 삼켰다. 공중인 데다가 지금 놈은 한창 방어막을 때려 부수고 있었으니 헬기를 공격할 거라는 생각은 들지 않았다.

그러나 그럼에도 불구하고 무서웠다. 거대한 검은 덩치로 방어막에 들이박는 몬스터는 그 자체만으로도 공포였다.

"현장에는 뉴욕시의 정예 초능력자 부대가 모여 있습니다. 용감하게 맞서는 이들의 활약이 있어서…… 으악!"

헬기가 강하게 흔들리자 리포터는 겁에 질려 비명을 질렀다. 밑에서 일어난 폭발의 여파였다.

방어막 안에서, 공격용 아티팩트가 준비되는 걸 보며 수현이 중얼거렸다.

"조준을 못 하는군."

방금 있었던 충격파는 그림자고래 때문이 아니었다. 초능력자 중 몇 명의 실수로 공격이 빗나간 것이다. 덕분에 방어막과 부딪혀서 충격이 일어났다.

"혼란 상황이잖나."

"초능력을 혼란 상황에 쓸 일이 많겠습니까, 평화로운 상황에서 쓸 일이 많겠습니까? 그건 핑계도 안 됩니다. 혼란스러울 때 힘을 내줘야지……. 게다가 지금 상대가 작은 놈도 아니고, 전면에 선 것도 아닌데."

수현의 말은 하나하나 틀린 곳이 없었다. 그러나 그걸 듣고 있던 관계자들은 쉽게 넘길 수가 없었다.

"그러면 마법사께서 나서주시는 게 어떻습니까? 우리 쪽 대원들이 힘이 부족해서 못 잡는 것 같은데."

"지금 김수현한테 명령하는 건가?"

수현이 말하기도 전에 싸늘하게 대답하는 회장. 경찰국장은 당황해서 한 걸음 물러섰다.

"국장 정도면 내가 부른 손님한테 이래라저래라 해도 되나? 몬스터 많이 잡고 범죄율 좀 많이 내렸다고 보이는 게 없나 보군. 지금 당장 래든한테 전화 걸어볼까?"

래든. 현 뉴욕 시장의 이름이었다.

시의 경찰국장을 임명하는 건 뉴욕 시장이었으니, 가장 직접적인 협박이나 다름없었다.

세상에서 가장 치사하고 잘 먹히는 협박은 상대의 상관을 부르는 협박!

옆에서 듣던 수현은 피식 웃으면서 회장을 말렸다.

"됐습니다. 나쁜 뜻은 아닐 겁니다. 국장님도 당황스럽지 않겠습니까? 지금 바깥에 미쳐 날뛰는 몬스터가 있는데…… 다 시민의 안전을 생각해서 이러시는 거겠죠."

"당황스러우면 뭔 소리를 해도 되나? 내가 부른 사람한테 함부로 대하는 건 나한테 함부로 하는 것이나 마찬가지야."

"뭘 거기까지 갑니까? 됐어요. 그만 하세요. 제가 더 민망합니다."

조였다가 풀어주고, 채찍을 휘둘렀다가 당근을 내미는 두 콤비.

의도한 게 아니었는데도 절묘했다.

국장은 이마에 배어 나온 땀을 닦으며 수현에게 눈빛으로 감사의 인사를 보냈다. 방금까지 가졌던 불만은 조금도 보이지 않았다.

국장이 물러서자 수현이 중얼거렸다.

"그런데 조금 이상하긴 하군요. 원래 저렇게 튼튼한 놈이 아니었는데."

수현이 구박을 하기는 했지만 모인 초능력자들이 약한 초능력자들은 아니었다. 경험이 없어서 빗나가는 실수 같은 걸 해서 그렇지 화력 자체는 괜찮았다. 그런데도 그림자고래는 버티면서 방어막에 달려들고 있었다.

'호수에 있던 놈이 그냥 좀 약한 놈이었나?'

호수에 있던 그림자고래는 그렇게 맷집이 좋은 편이 아니었다. 그런 특수 능력에 맷집까지 좋았다면 정말 재앙이었을 것이다.

"준비 끝났습니다! 발사 카운트다운 들어갑니다!"

"모두 물러나라!"

준비가 끝나자 사람들은 분주하게 거리를 벌렸다. 아티팩트가 공격할 때 휘말리지 않기 위해서였다.

화염 계열 아티팩트들을 묶어서 성능을 극대화시킨 공격용 아티팩트가 이글거리는 불을 뿜어내기 시작했다.

수현은 그 밑에 연료가 빠르게 소모되는 것을 보며 한숨을 내쉬었다.

한 방을 쏘기 위해서 저만한 연료를 소모해야 한다니. 너무 비효율적이었다.

—파지지직…….

공격 직전에서야 그림자고래는 무언가를 느낀 것 같았다. 유도 장치 때문에 예민하던 본능도 마비되었는지, 그림자고래는 그대로 거대한 화염의 기둥을 직격당했다.

그림자고래가 울부짖는 끔찍한 비명이 울려 퍼졌다. 건물의 유리창에 금이 갈 정도의 비명이었다.

몸의 1/3 정도가 날아간 대미지를 입었지만, 그림자고래
는 아직 살아 있었다.

놈은 비틀거리며 물속으로 뛰어들었다.

"놓치지 마라!"

누군가의 입에서 그런 말이 나왔지만, 정작 행동에 나서는
사람은 없었다.

일단 물속으로 피하면 공격을 넣을 마땅한 방법이 없었다.
쫓겠다고 물 위로 올라가는 건 자살행위나 마찬가지였다.

"한 발 더 쏠까?"

"연료 아끼시죠. 저거 녹이느라 며칠을 밤새웠는데⋯⋯
게다가 제대로 조준하기도 힘들 겁니다."

그림자고래는 무조건 도망을 칠 것이 분명했다. 기척을 숨
긴 놈을 아티팩트로 맞히는 건 만만한 일이 아니었다.

'결국 이렇게 되나?'

수현은 망설이지 않고 물속으로 뛰어들었다. 일격에 끝나
기를 바랐지만, 일격에 끝나지 않으면 그가 마무리를 해야
할 거라는 생각은 하고 있었다.

'물속에서 싸우면 좀 낫겠지⋯⋯.'

안에서 무슨 일이 일어나더라도 구체적인 자료로 남지는
않을 테니까.

그림자고래가 피를 흘리면서 몸을 의태하는 게 보였다. 그

래 봤자 이미 기운이 보여서 의미 없는 상황.

'초능력을 상쇄시키고…….'

다시 검은 몸체가 드러났다.

'급소를 찌른다.'

푹!

염동력의 창이 그림자고래의 껍질을 뚫고 들어갔다. 아무리 강한 놈이라도 수현의 초능력을 견딜 수는 없었다. 그림자고래는 비틀거리며 가라앉기 시작했다.

"오오오……!"

인공 아티팩트를 발표하던 날, 아이러니하게도 인공 아티팩트보다 더 주목을 받은 건 수현이었다.

방어막 아티팩트는 대형 몬스터를 막아내는 단단함을, 화염창 아티팩트는 일격에 몬스터를 박살 내는 강력함을 보여 줬지만, 사람들이 마지막으로 본 건 죽은 그림자고래를 염동력으로 허공에 들어 올리는 수현의 모습이었다.

쿵―

별생각 없이 그림자고래의 사체를 땅에 던진 다음에야 수현은 그가 실수했다는 걸 깨달았다. 염동력은 이미 알려진 능력이라 써도 되겠지 생각했던 게 안일했던 것이다. 압도된 사람들의 시선이 지금 반응을 말해주고 있었다.

'아이고…….'

시끄럽게 터지는 환호성과 상황이 종료된 것 같자 순식간에 수현에게 몰려오는 기자들.

수현은 재빨리 거리를 벌려 회장에게로 피신했다. 회장은 복잡 미묘한 표정이었다.

"잡는 건 좋은데 꼭 그렇게 잡아야 했나……?"

전 세계에 인공 아티팩트의 출현을 화려하게 알리는 데에는 성공했지만, 일반인들의 기억에는 수현이 더 강하게 남을 것 같았다.

수현은 바로 돌아가지 않았다. 그는 회장이 제공해 준 호텔의 최고급 객실에서 잠깐 쉬고 있었다. 인공 아티팩트에 대한 반응을 보기 위해서였다.

to be continued

Flatter 퓨전 판타지 장편소설

일천 회귀록

사내는 강고하게 선언했다.
"다음 삶에서야말로 나는 너를 죽인다."

『기대하지.』

세상과 함께, 사내의 심장이 찢겼다.

20,000년이 넘는 세월을 살아 왔다.
히든 클래스 전직과 비기 획득도 지겨웠다.
모든 것에 지쳐갔다.
마황에게 죽임을 당하는 순간조차도.

바로 오늘, 강윤수는 999번 회귀했다.
죽거나, 죽이거나.

모든 클래스를 마스터한 남자의
일천 번째 삶이 시작된다.

8클래스 마법사의 회귀

인류 최초의 8클래스 마법사 이안 페이지.
배신 끝에 30년 전으로 돌아오다.

설령 세상이 무너지는 한이 있더라도.
상상을 초월한 적이 눈앞에 나타나더라도.
지키고픈 이들을 반드시 지켜낼 수 있는 힘.

'그 힘이 적당할 필요는 없어.'

소중한 이들을 지키기 위한,
8클래스 이안 페이지의 일대기!

강화학개론

빈형 게임 판타지 장편소설

[+15 초보자용 하급 단검 강화를
성공했습니다!]

사고와 함께 찾아온 특별한 능력.
남들이 메인 시나리오 퀘스트를 쫓을 때
한시민은 강화 명당을 찾는다!
가상현실 게임 '판타스틱 월드'에서의 강화를 위한 모험!

"아, 빌어먹을. 9강부터 이 X랄이네."

그 유쾌하고 통쾌한 이야기가 시작된다!

운경 현대 판타지 장편소설

마수가 창궐한 세계.
염동 능력자이자 천마신공의 전수자 적시운.
그가 해야 하는 일은 단 하나.

'살아서 집으로 돌아간다.'

*천마(天魔)[명사]

검은 안식일 이후 지상에
창궐하게 된 마수 무리의 지배자.

*사냥꾼[명사]

사냥하는 자.

스킬의 제왕

이형석 퓨전 판타지 장편소설

인간군 검병2부대 소속, 강무열.
과거로 돌아오다.

검과 마법, 그리고 정령까지.
인류가 염원하는 그 힘을 얻을 방법이 내 기억 속에 남아 있다.
미래의 스킬을 아는 자.

후회의 전생을 딛고 신의 땅에서
인류의 멸망을 막기 위해
제왕이 되고자 일어서다!

"이제 내가 권좌에 오르겠다."